周新红 著

在西街

西泠印社
出版社

序

杨 扬

　　大周老师要出新书了，嘱我写一篇序。这是好事，我答应下来。出差回上海后，拜读她发来的六十篇散文作品，这些作品让我回想到龙泉山川的苍翠之色，自然美丽，意味无穷。

　　浙江的龙泉是大美之地，山川河流，人文景观，无不令人神往。二〇〇六年秋，我第一次到龙泉，参观青瓷宝剑园区，登凤阳山顶观云海日出，品尝山野溪谷的农家菜肴，真正体会到了不一般的龙泉的美景和美味。十多年下来，多次到龙泉参加活动，每次都有新的朋友结识，每次都有新的感受和体会。徜徉在这样的自然人文环境中，时常会被这片热情的土地和山川河流的秀美所打动，也会为这里的人们发奋努力、勤劳富裕的生活所感动。记得二〇一九年夏去龙泉参加文学活动，龙泉文联的负责人江晨是一位诗人，他组织了一次文学交流活动。文联的办公点在当地的一条老街——西街的一座民国时期的别墅里，那晚的活动有很多文学爱好者参加。热情的文友与来访的客人举行了两个多小时的交流。会后大家依依不舍，在西街的一些还未关门的瓷器铺子里逛逛看看、说笑聊天，兴尽才各自回家。大周老师和她的朋友是那天参加活动的文友。大周老师曾在当地一所中学教书，后来调到丽水的中学继续她的语文教学事业，是一位非常优秀的语文教师。她谈龙泉的西街，绘声绘

1

色，充满感情。后来才知道她从小就在西街长大，她生活的院落里，有来自四面八方的文化人和大学毕业生。这次她收入散文集中的很大一部分文章，就是为西街和过去的记忆而写的。

龙泉到上海，高速公路要走六个小时。民国时期青瓷研究专家陈万里先生从杭州出发，骑毛驴，据说走了大半个月才到达龙泉。这里山川密布，千米以上的山峰超过七百座，真正是浙江的高峰密集地。但到了这里，你不会有万山群壑的险峻之感，反倒觉得山峦翠绿，溪流潺潺，别有洞天，仿佛置身于世外桃源。尤其是酷暑难耐的夏天，在山林生活，那清凉世界让人流连忘返。我之所以花一些笔墨介绍龙泉和大周老师，是因为一个人的写作，尤其是那些不为功利目的而书写的优秀散文作品，大都是与作者的生活环境密切相关的，不是虚构想象的二手材料。大周老师收入散文集中的六十篇作品，基本上都联系着龙泉的山山水水和她自己的生活，看其中的景物和景色，就知道那是浙江龙泉的，错不了，绝对不会与其他地方的风物人情混杂起来。至于其中洋溢的情怀，也是这方秀美的天地山水滋养出来的。一些评论家在称颂好的写景状物的散文时，喜欢用"风姿"这个词来赞叹文章的优雅气息，我感到大周老师描写她心目中的龙泉生活，字里行间也有着某种迷人的"风姿"。这大概是她太熟悉、太热爱龙泉的缘故，所以，其文字与天地山川连通，有着自然的朴实秉性和流动不息的灵通气息。

大周老师将自己的散文集分为三部分：时序风物、忆人念事和读书行走。我想这差不多就是她人生的全部组成。她说，时序风物对应的是龙泉的西街生活。西街不仅是龙泉怀旧的一条历史脉络，也是勾连今天与过去的记忆金桥。如今的西街已经成为龙泉的打卡地，游人如梭，但其中有谁能够像大周老师那样，真正是被西街喂养长大，用感恩不尽的文字缓缓抒写这条老街的前世今生的呢？她的《忆西街》《上西街》《在西街》和《梦西街》，让人想见她心目中强烈的西街情结。散文的另一部分是忆人念事，像怀念父亲的《老爸的瞎话》《又见父亲笑》等文章，让人们看到过往岁月中浓浓的亲情。像那些触及岁月人生的感怀文章《追忆似水年华》等，让人们看到作者的最好年华是怎样一点一点在龙泉度过的。第三部分是读书行走，最让人难忘的是《遂昌游记》《凤阳山行》《人间有味是清欢》等。我相信很多龙泉的朋友都有过大周老师这样的行走路线，但未必能够留下这样优美的游记散文。这些篇目最大的特色是触景生情，触目都是独特的浙西山川的美丽景色，由此生发的人生感触，也有着与自然相通相关的秀美灵气。这样的景观与文字，是大周老师自己的人生心得，故非常独特。

　　读完大周老师的文章，我常常在想，散文随笔是今天最流行的文体，但很多文章走的是流行路线，缺少自己的发现。大周老师长期在龙泉生活，她笔下的那片浙西山川自然人文景观，是很多写作者熟悉却难以像她那样深有体会的，原因就在于她不仅熟悉这里的生活，而且是一个善于用文字来表达生命体验的有心人。写一篇散文或许不难，难的是能够持之以恒，构成一个有声有色、有生命温度的文章系列。在大周老师的这一组散文中，我感受到一个生活在浙西山川自然和老街环境中的文学爱好者的内心喜悦和悲欢忧愁，让我一次又一次体会到汉语文字持续不断的悠悠魅力。

最后，我衷心希望广大读者能够阅读大周老师的文章，一起分享这份阅读的快乐。

　　是为序。

2022 年 9 月 4 日于上海寓所

（杨扬，上海戏剧学院副院长，上海市作家协会副主席）

目录

时序风物

忆人念事

读书行走

时
序
风
物

我心依旧

纷纷红紫已成尘，祝福声里又一年。

光阴荏苒，时序流转。三十多年的职业生涯，你留下了什么？一届一届的学生，去了又来，来了又去，迎来送往中，憔悴了容颜，淡化了时光。

天性喜欢汉语，钟爱文学，走上这条不归路，理由只有一个：因为爱，所以爱！

是爱，让你坚守三尺讲台，无怨无悔；

是爱，让你放弃转行机缘，未觉有憾；

是爱，让你践行诗意语文，不疲于此。

我想，到达终点的人，亦是坚守起点的。

是的，归零翻篇的意义，大抵就在于此。

我将继续用文字和热情，写出那些给我关怀、关心、关爱的人物，道出一些温暖、温馨、有温度的故事，翻出深藏心底、历久弥新的事物。老去的只是时光与容颜，不变的依然是那一颗坚守的初心。

感谢生活赠与的酸甜与苦辣，感谢命运赋予的热爱和喜悦，一如感谢它们所赐予的锐利与疼痛。

此刻，耳边回响起法国诗人阿波利奈尔的诗句：

　让黑夜降临，

　让钟声吟诵，

　时光流逝了，

　我没有移动。

　当世上的事物，像泡沫一样，纷纷浮上来，浮上来，我就必须像石头一样，坚定地沉下去，沉下去，义无反顾！

　惟有恒心不变，方能任尔西东！

　坚信，明天的太阳依然是新的、红的！

你好，二月

走出檀香园小区，春日的天空显得格外的朗润，街上行人稀稀落落，偶有几辆小车、摩托车从眼前疾驰而过，卷起一阵阴冷干燥的寒风，像空气中凝结起的不易融化的冰霜，耳畔依稀传来小孩儿追逐打闹的嬉笑声，让人感觉如梦似幻。

想起武汉封城居然一个多月了，不禁感慨万千，悲从中来。想我自大年初二从老家龙泉回莲都，赋闲在家正好也满满当当一个月了。说是赋闲，其实从正月初八开始就给高三学生上网课了。每天有课可上、有书可读，陪伴家人的日子让人感受到了满足与舒适，幸福感油然而生。

因为在朋友圈发了一篇旧作——《幸福原来就这么简单》，这几天和朋友聊得最多的话题是关于幸福的。

我说："幸福是什么？幸福就是家人的牵挂、朋友的祝福、学生的念叨……一份份浓浓的祝福延展了亲情、友情、师生情，滋润了我渴望润泽的心。为了饱尝这份丰收的喜悦，我会刻意经营生命中每一个属于我的甜蜜时光，像一个辛勤耕耘的农人，为自己心爱的农田孜孜不倦、乐此不疲。"

朋友留言："幸福就是一种感觉，每个人感知幸福的能力是不一样的。"

所言极是！张爱玲说："人总是在接近幸福时倍感幸福，在幸福进行时却患得患失。"

二〇二〇年春天，似乎全世界都在提醒我们：春日里的每一天，你值得拥有。只要活在当下，珍惜当下，便是生命中最大的幸福。

今天是个好日子，恰逢农历二月初二。中国民间有"二月二，龙抬头，大仓满，小囤流"的谚语，寄托了人们祈龙赐福，保佑风调雨顺、五谷丰登的美好愿望。在我的老家龙泉，则有"二月二，百花生"的说法，同样寄寓着人们渴望安居乐业、幸福一生的美好心愿，凝聚着崇尚祥瑞的民俗心理和民情民趣。

回想三十年前的今天，正是我和冰爸订婚的良辰吉日。只叹岁月太匆匆，三十年倏忽而过，像流水，像轻烟，像初阳……可是，岁月，它也有情啊！你珍爱生命，珍惜爱情，真诚感知，宽容他人，善待自己。或许，这未曾给你的生活带来任何有形的回报和改观，却软化了你内心与世界的边界。活着，不是为了取悦他人，而是为了幸福自己。

世事无常，人生倏忽，没有什么存在是持久而永恒的。大地容纳万物，并不因你而感动，生命贯穿整个宇宙，有着太多太多的美好与痛苦。

"佛心没有时差，衰老却在须臾。"时间的无限与人生的有限，让人更加珍视寻常生活的每一天。人生最大的幸福就是一家人在一起，吃一顿饭，读一席书，让厨房有香味，让书房有灯光。珍爱生活的你，千万不能碌碌于奢华而错失了温热朴素的日常之美。

此刻，二〇二〇年二月初二，千年一遇。特殊的日子，一样的祈愿。纵使天各一方，纵使每天相见，愿你我平安、健康、幸福。
口占一绝，以资纪念。

　　武汉封城一月余，
　　情牵万里意何如。
　　祈求华夏新冠灭，
　　喜看闲云任卷舒。

生命里偶然的欢喜

昏昏沉沉中醒来，已是日上三竿，耳边萦绕着鸟儿叽叽喳喳的鸣叫声。

伸个懒腰，起床，走上阳台，不经意间，看见一只鸟儿停驻在栏杆上，心生欢喜。我悄悄走近，拿出手机，正准备偷拍，鸟儿却"扑哧"一声，扇动着黑色的翅膀，闪着银色的光芒，飞远了……

抬头远望，已是满园春色。

林清玄曾说："生命里偶然的欢喜、悟、心灵的光，就像鸽子麻雀突然来到我们的窗前，当它们飞走的时候，我只要保有那种欢喜就好了。"生活中的小确幸小欢喜，足以拯救庸常日子的乏味与无聊，只要保有那份欢喜就好了。

这个长长的假期，和家人一起腻在厨房制作美食的日子，是一辈子难得的好时光。这日子，不可能天天都是蜜里调油的，好日子、坏日子穿插着过，更真实，也更值得珍惜。

心心念念的周家私房菜，承载着童年温暖的记忆，不仅色彩鲜艳、齿颊留香，还古意盎然、趣味横生，十足龙泉人家的老风味、老情调。西点也有特色，那是冰儿的心意。感谢！享受着如此朴素、雅致又温暖的母女情，真要感谢上苍的厚爱与怜惜！

回味儿时的美味佳肴，让人口舌生津、馋涎欲滴。除了时鲜蔬菜，比如丝瓜、茄子、西红柿、四季豆，还有红烧猪肉、清蒸带鱼、清炖鸭子、"牛奶藤"（龙泉话，一种草本植物）炖猪脚，等等，都是生命中的最爱啊！老爸烹制的鸡汤、鸭汤，冰儿是吃了一碗还要再来一碗的。时至今日，她还时不时地会提起。嗯，老爸做菜烹小鲜，是花足了功夫的。何等温馨甜蜜的回忆，温暖了整个童年！

食物，原本只是食物，果腹充饥，但因为有爱，带着对家人浓浓的爱，一切都变得与众不同了。

晚上，在朋友圈发一小文，不料引发共鸣无数，触动了内心最柔软的那一部分："读你的文章已是子时，再读，夜已深。二〇二〇年注定是要少了些许春的气息的。走过公园，原本应是五彩缤纷的郁金香，却已是过了花期，剩下的枯枝犹如秋日的残荷，但又少了它的凄美。读着你的《遇见春光》，我失眠了。我努力想象着春的样子，想象着你头戴礼帽，身着连衣裙，摘一枝小花插于发际，游走在花海中的样子。嗯，你就是春神，花的偶像！这个春天，我感觉自己很幸福。你在写，我在读……"

认识不久的金姐姐也在文末留言："认识她，是闺蜜带我去她的侄女家，结果与侄女的妈妈一见如故，就是这美文的作者。一个温婉美妙的女子，诗书满腹，酒力绵长，我特别喜欢。遇见春光，遇见你，幸福着自己的幸福。"

真好！遇见春光，遇见美。幸福着你的幸福！

梦回烟雨江南

　　记忆中的江南是一幅古朴典雅的水墨画，饱蘸水的灵韵、墨的浓郁。

　　记忆中的江南是一首和谐雅致的山水田园诗，洋溢山的沉静、田园的秀丽。

　　从地理位置上说，我现在生活的城市——莲都，确实也地处江南，但总是感觉不能很深地赏玩到它的江南韵味。这里，没有青石板路和斑驳的古墙，没有隐逸在弄堂尽头寂寞的茶馆，更没有撑着油纸伞默默地行走在雨巷的哀婉幽怨的女子。

　　说到江南，许多人的脑海中同时还会忆起的就是一杯杯冒着袅袅清香的淡茶，一段段引人入胜的精彩的折子戏，一条条水汪汪的小河，以及河边穿着素纹小袍、略施粉黛的清雅女子。

　　江南，永远散发着遥远的古色古香和淡淡的古风古韵。

　　可是，这样的优美与宁静却不知从什么时候开始就渐渐地消逝了，小小的山城开始了无止尽的折腾，折腾得人心也渐渐地浮躁不安起来。江南绰约典雅的风姿、温和淡定的品性大概也只有在书中才能寻觅得真切。

　　于是，茅盾、郁达夫还有那两个和我同姓的周氏兄弟的散文便成了我的最爱。一篇郁达夫《江南的冬景》就很是让人着迷："但在江南，可又不同；冬至过后，大江以南的树叶，也不至于脱尽。寒风——西北风——间或吹来，至多也不过冷了一日两日。到得灰云扫尽，落叶满街，晨霜白得像黑女脸上的脂粉似的清早，太阳一上屋檐，鸟雀便又在吱叫，泥地里便又放出水蒸气来，老翁小孩就又可以上门前的隙地里去坐着曝背谈天，营屋外的生涯了；这一种江南的冬景，岂不也可爱得很么？"

那么，姑且让我放下所有的事情，不管窗外多么喧嚣，多么闹腾，在舒适而温暖的家中，即使是两间陈旧的陋室，加上江南特有的清冷的雨天，将自己深埋在沙发的一角，打开音响，让室中升起轻柔曼妙的音乐，再随手握一本《雨天的书》，和周作人聊聊"江南"这个让人心生怀想的话题。不妨，再用龙泉产的温润的青瓷泡上一壶龙泉的红茶，惬意地品茗，然后让自己很深很深地沉下去，沉下去，美美地享受属于自己的那份独得的快乐与宁静，在慵懒和闲适中奢侈地享受这诱人的光阴。

当然，如果你觉得还不够原汁原味，还不能完全体味江南"小楼一夜听春雨""天街小雨润如酥"这些前人已经描摹过的意境，我是可以介绍你去一个地方的，在我的老家——龙泉——那个古色古香、烟雨迷蒙的剑瓷城是可以寻得到几多专属江南特有的迷人的韵致的。

当车子在高速公路上驶向龙泉地界时，映入眼帘的是一幅安置在万山丛中醒目的对联："诗画江南最高峰，烟雨瓯江第一城。"的确，烟雨的江南，尤其是在三月，处处洋溢春的气息，让我这个好久未曾梦见庄周的人，很难分辨清楚到底是山水融进了我的血液，还是我自己融入了山水的气脉。

环绕小城的是无尽的连绵群山，它涵养了众多的苍天古木，也收容了漫山遍野的菁菁芳草，一山山的绿色牵连着，拥抱着，把人的心也染醉了。瓯江水自西向东缓缓地流淌，不但滋养了一方儿女，而且作为古官道，使小城得以沟通外面的世界，使和我一样生于斯、长于斯的江南女子有了水一样的秀美、灵动之气。六座大桥南北走向横亘在瓯江之上，犹如六条巨龙卧波，蔚为壮观。

山城龙泉，永远不缺水的滋润与厚养。记忆中，春天的雨水是最为丰沛的。"好雨知时节，当春乃发生。"也许你依然酣睡在梦中，淅淅沥沥的春雨已不约而至了。期待一场大雨，淋淋漓漓的，让山城真正沐浴在春天里。最妙的是空气里弥漫着的清新的味道，丝丝入骨，沁人心脾。

大雨滂沱后的瓯江，水汩汩而来，烟雨迷蒙中，让人宛若置身仙境。一幅幅清新灵动的水墨画，迫人眼目，既婉约细腻，又沉稳大气。位于瓯江水中央的留槎洲，四面环水，远离尘嚣，如梦如幻。水的清幽，洲的别致，恰似天堂的美景，留在了人间，好想融入它的形质与神采中，不想归亦不愿归了。

就像乌篷船就应该停泊在绍兴的水码头一样，瓯江上也总能一睹小木船的芳姿。静静的古桥、素朴的小船、布满青苔的石阶，以及青石板路铺就的古老的街道，组成了一幅写意画。节日的瓯江最为喜庆热闹，仿佛它也颇通人性，一改往日的宁静与端庄。端午节传统的"赛龙舟"风俗已流传了几十年，吸引了无数慕名而来的游客。

春夏之交，梅雨时节，瓯江水开始疯涨，水面氤氲着湿气。冉冉升起的水汽，蒸腾多姿，幻化无定，云烟缭绕出的迷离情调，让人迷醉。这下，可乐坏了那些喜爱划龙舟的人儿，一年一度的龙舟赛如期举行。按照惯例，有十多个乡镇的团队参赛，划船的不分男女老幼，只要喜欢，都可以参加。即使比赛的时候遇上漫天飘洒、连绵不绝的梅雨，龙舟依然会在江上欢快畅游，游人依然如织，乘兴而来，尽兴而归。

不知，如此蔚为壮观的一道江南雨中即景，今生，你是否可以一饱眼福？

生活在如此优美、诗意而又和谐的环境中，谁能遗忘得了那些逝去的岁月里曾经孕育出的那些动人的故事，那些曾经陪伴我们悠闲度过人生时光的可人儿？

唉，令我魂牵梦萦的还是那个梦中的烟雨江南，那个生我养我、让人想起就心醉的小地方。那些人，那些事，那些温暖静默的小时光……

过端午

五月五，是端阳。

门插艾，香满堂。

吃粽子，洒白糖。

龙舟下水喜洋洋。

每到端午，一首耳熟能详的儿歌就在耳畔回响。

千百年来，端午的初始功能在岁月的流逝中，变得模糊与遥远。但各种不同的习俗却一直流传着，浓缩了人们遵从自然律令、趋吉避害的生活智慧。

在我的老家——龙泉，划龙舟、包粽子、吃卷饼是端午节特有的符号与象征，富有文化的传承与创新。

众所周知，端午节起源于中国，最初为古代百越地区崇拜龙图腾的部族举行图腾祭祀的节日。百越之地春秋之前就有在农历五月初五以龙舟竞渡形式举行部落图腾祭祀的习俗，后因战国时期楚国诗人屈原抱石跳汨罗江自尽，遂将端午作为纪念屈原的特殊节日。

相传老家的龙舟（俗称"华船"）赛始于南宋，至少已有八百多年的历史。划龙舟不仅为纪念爱国诗人屈原，在百姓的心中，它还含有驱逐瘟神，求得风调雨顺、国泰民安的寓意。对于龙泉百姓来说，端午节划龙舟是一年一度最富激情的盛事。听说今年的端午节将有二十四支龙舟队参与比赛，可谓盛况空前。龙舟再次鸣锣开桨，让市民重温"鼓槌擂响箭离弦，振臂齐声斩浪尖"的速度与激情，让人心向往之。

各色龙舟自古留，虽非兰木赛皇楼。

今朝锣鼓齐天响，千帆竞发壮奇观。

汨罗河畔断人肠，离骚一曲千载扬。

中华传统代代传，风调雨顺呈吉祥。

包粽子是龙泉人过端午必不可少的仪式之一。

记得小时候，还没到端午吧，母亲就系上围裙张罗开了。她会到离家最近的府前市场买来上好的箬叶，把它们一一洗净，泡在清水里备着。包粽子的主材是产于本地的甜润的糯米，也要提前一个晚上浸泡下去。

我们家居住的小院，是老爸单位的宿舍楼，共有十二户人家。哪一户人家包粽子，只要一声招呼，左邻右舍都会前来帮忙；我和小妹也喜欢凑个热闹，我们会把所有包好的粽子按大小分类，五个一组，在箬绳上编出五花八门的辫子，再把其中大小相近的两组打结归并。最后，母亲会把大大小小的粽子放进大锅里一起煮。

端午前后，粽子的清香便在整个小院弥漫开来，温暖了整个童年。

龙泉粽子按馅的不同种类可分为肉粽、豆沙粽、枣泥粽、灰碱粽，等等。其中，灰碱粽是我的最爱。傍晚放学回家，就着白糖可以吃下两三个。厚实晶亮、软糯香甜的灰碱粽遇见白糖，满足了味蕾对食物最美好的诉求，至今想起，仍唇齿留香，回味甘甜。

端午节的卷饼是存留在记忆中最美味的食物。

约莫四月底五月初，西街头就有商家开始支起临时饼摊吆喝着卖薄饼了。饼摊呈一字形排开，左右各一列，颇有气势。有经验的师傅往往会起个大早，为的是占据一个好位置。师傅们会把铁炉里的炭火烧旺，在炉上支起一个大大的平底锅。锅上放几块肥猪肉，抹一抹，锅底便起了一层油。只见师傅在亮晶晶的锅面上一贴一转，四边起皮了，掀起来，翻个面，一张完美的薄饼就做好了。薄饼一般都是论斤卖的，我们家兄弟姐妹多，要买回三四斤才够吃。母亲看我们喜欢吃，一般是初四吃了一顿，初五还要再来一顿的。

记得初到莲都那一年，办公室的张老师邀我去她家过端午。也是吃卷饼，可是包卷饼的馅儿却不甚相同，这一回是油炸的小粉干唱了主角。油晶闪亮的炸粉干虽然香气扑鼻的，但和我记忆中的味道相去甚远。

时至今日，我们家包卷饼所用的馅儿依然还是那几样：精肉丝、绿豆芽、豆腐干、四季豆、茭白、蛋皮等。这在今天看来平常得不能再平常的几道菜，却是存留在记忆中最美味的食物。

老家过端午的习俗还有插艾叶、挂香包、吃田螺、喝雄黄酒，等等。现如今，很多的乡风民俗都慢慢地淡化了、改变了、远去了。和冰儿回忆我小时候过端午的情形，每每都要被她笑话一番："妈妈，你什么年代，我什么年代啊！"冰儿总觉得我在跟她忆苦思甜呢！

可是啊，生我养我的故乡，那个四面环山、瓯江水缓缓流淌的小山城，无论走到哪里，你的节日文化、你的仪式感已扎根在我的血脉里，永永远远都无法抹去了！

　　龙舟竞渡的瓯江，泛舟戏水的小湖，箬叶飘香的小院……在孩童无忧无虑的时光里，端午节，有如五色丝线般绚烂多彩，带着阳光，带着风声雨声，带着欢声笑语，带着父母手指翻飞间的温热与温存，带着外公外婆蒲扇轻摇下悠远的传说，带着鸟鸣蝉唱和乡土的味道，让人魂牵梦萦，那么遥远，又仿佛近在咫尺。

　　嗯，在乡情不怯，天涯共此时！

当 夏

四时天气相交替，

一夜熏风带暑催。

坐久不知香觅处，

推窗偶有蝶飞来。

我现在生活的小区边上，有一个很大的湿地公园。夏日的公园，脚步所及、目之所望尽是各色奇花异草，更有亭台假山和名人雕塑前来凑趣，自然的，人工的，无不朗然入目，充满生机。

近来大雨滂沱，溪水暴涨，走出家门没几步，远远地就听到了哗哗哗的流水声。今日久雨初歇，阳光不时地从云层中探出头来，织就一道道金色丝线，温柔地抚摸着天地万物，给人一种欣欣向荣、蓬勃向上的希望。

极目远眺，远山烟岚如黛，缭绕山尖的白云与黑绿波峰相映成趣，勾勒出雨后夏日清新自然的轮廓，想起陶渊明的诗句"云无心以出岫，鸟倦飞而知还"，人也格外轻松愉悦起来，浑然忘却了世俗的烦恼。

指尖，穿过当夏的落雨，滴滴有意；阳光，透过树枝的罅隙，片片含情。不知不觉走进公园深处。风，夹着泥土的芬芳，裹着秀发的幽香而来。被雨水清洗得干干净净的绿植随处可见，绿草如茵，绿树掩映，绿意扑面而来。眼前，橙红色的石榴花开得耀眼，一树一树的，仿佛看见希望挂满了枝头；绣球花最是花团锦簇，惹人怜爱。喜欢欣赏花儿的绽开与坠落，蕴含多少自然的馈赠和眷恋。纵使光阴似水带走如花岁月，依然从心底写满对未来的期待。日子，因快乐而焕发光彩。

在石凳上小憩片刻，听燕语呢喃，看蝴蝶翩跹，吸新鲜空气，贪婪地享受属于当夏特有的味道，有一种偷来的惬意与悠闲。汪曾祺曾说："最美的日子，当是晨起侍花，闲来煮茶，阳光下打盹，细雨中漫步，夜灯下读书，在这清浅时光里，一手烟火一手诗意，任窗外花开花落，云来云往，自是余味无尽，万般惬意。"哪怕盛夏来临，酷暑难耐，也还是可以让自己静下心来感受片刻的美好与清凉的。

当夏，我只想深深地眷恋，深深地沉迷。

现在的我，不再喜欢喧闹、繁华，喜欢安静、朴真，喜欢有内涵、有深度的事物。喜欢在繁忙工作的间隙，到处走走、看看、嗅嗅，希望在心的田亩种一片芬芳。很欣慰，在这样一个不经意的闲暇日子，没有物欲的牵绊，没有身体的束缚，却达成了深藏心中久违的心愿。

苏东坡有言："人间有味是清欢。"就这样静静守望岁月的一份平淡与雅致吧！

把花香留住

好像只在一夜之间，满城尽是桂花香。

早上起来，推开窗户，一阵秋天的芳香飘送过来，清新至极。深深地吸着花香，心也陶醉了。纵目追寻，一株桂花赫然入目，小区主花园的中心栽种着一株桂花，一树的花儿盛开着，开得那么恣意，那么灿然。

多么熟悉的场景，它已渗入我的心田。

搬入新居已经半年，除了几株柳树飘逸的枝条时时入目而来，其他的似乎都与我擦肩而过了。我居然没有关心过小区绿化带上种的是一些什么样的花花草草，居然没有时间蹲下来看看蜻蜓点水、蚂蚁搬家，甚至没有静下心来观察一下柳叶向风和背风颤动的不同风姿。

好像每年都是这样，只有闻着桂花的香味，蓦然发觉，秋天已然降临人间。似乎秋天就像这满园香气扑鼻的桂花，是一夜之间从树上"长"出来的。

我尽情地欣赏着秋天的美景，从小区出来，信步走上人行道。令我欣喜不已的是一路送我至学校上班的都是这沁人心脾的桂花的香味。

大约过了半个月的时间，也是步行上班，无意中看见人行道上，满是金黄的银杏叶，层层叠叠的，颇有几分诗意。我目不转睛地盯着，倾听着心中的喜悦，想起"春风桃李花开日，秋雨梧桐叶落时"，真觉物我两忘，仿佛一切还之于天，还之于地，随缘去了。

许多事情，一时之间走进心里，平日不经心的，一下子非凡悸动起来。

抬望眼，只见笔直的树干上，全是黄绿相间的树叶，与蓝天的高洁素净相媲美。偶尔，一片落叶悠悠飘下，像一只姿态翩跹的彩蝶，不知是眷恋着树的温爱，还是刻意在回归尘土前，展现一眼最出色的回眸，在空中划过一道优美的弧线。这一次，我对路旁的这些闲花野草，产生了一种既羡慕又惊艳的感觉，久久凝望着，挪不开步了。

"一阵秋雨一阵凉"，想必这满地的银杏叶是昨晚秋风秋雨的杰作了。有谁还能说江南秋之色、秋之味、秋之意境没有北国之秋来得猛烈、来得持久、来得悲凉？

古人常发"一叶落而知天下秋"的感慨。今天，当我置身于车水马龙、熙来攘往的闹市，看见金黄的落叶飘零也颇感觉到了几分秋的悲凉、秋的寂寥和秋的落寞。

日本诗人石川啄木说："能够比谁都先听到秋声，有这样特性的人也是可悲吧！"

但我并不赞同石川的观点。花草树木与人一样实在是有情感、重机缘的，为花草树木伤春悲秋原是一件极其自然的事，而能够于一个特定的场合，透过世俗，领略江南之秋半开半合的柔美和半醉半醒的意蕴；能够于片片落叶中感受到秋之声、秋之味、秋之韵；能够于自然的变迁中感受岁月的沧桑，人生的无常，就该是人生中最幸福的事了！

　　时时处处都有春风秋月，失去了才是最可悲的呢！

　　人的生命就像这桂花的花期，何其短暂。它盛放，却含有一种哀伤凄凉的美。

　　人的生命也像银杏的叶子，经不起秋风秋雨的摧残。它飘零，潜伏着冬的肃杀之气。

　　我顿悟，一朵花的兴谢不正观照出一个人的生命？

　　人生如花，该有几多的盛放、几多的哀伤！

　　花如人生，绚丽至极终将归于平淡、走向死亡！

　　匆忙赶路的我们，何不放慢脚步，深呼吸，把花香留住！

我在秋天等你

　　木心先生说："一夜透雨，寒意沁胸，我秋天了。"是的，不经意间，人生入秋。

　　古人云，秋冬之际，尤难为怀。而人生之秋，亦有草木凋零、兔死狐悲之感。那阵萧索的晚雨，那丛飘零的落叶，那迷离变幻的光与影，以及那声来自家乡的问候。

　　江南之秋，即使没有北国的来得清、来得静、来得悲凉，却自有它独特的江南的韵味。走出家门，一脚便可以踏进秋，饱尝这秋的况味——

　　听风的声音，听雨的声音，听落叶的声音，听鸟语啁啾，听水声潺潺……

　　有人曾说："秋，万物都柔情地老去。"喜欢柔情似水的秋，多了几分诗情与画意。在诗人笔下，土地是丰收的寂寥与空旷。这收获的景观，有一种撼动人心的力量。这壮美的秋景，又能刷新几多关于愁的滋味。新版语文书里，欧阳修的《秋声赋》行销影匿，不知为何。嗟乎！草木无情，有时飘零。万物之灵，必感念之。正如郁达夫所说："足见有感觉的动物，有情趣的人类，对于秋，总是一样地能特别引起深沉、幽远、严厉、萧索的感触来的。"

　　丽水的秋意随着几天前的两场秋雨慢慢慢慢地铺展开来，浓厚起来。家门口的银杏叶，由绿而浅黄而深黄，肃杀萧索的秋意，在心底铺起细密厚实的柔毯，繁复着不尽的乡情乡思。

不懂得享受，不是一件好事，即便要你将目光暂时从痛苦的事上移开，也要懂得享受当下：智慧的尼采这样奉劝你我。忙里偷闲，枕着落日的余晖，在家门口老地方拍个照，金黄的银杏稀稀落落飘下，让人感受到了深邃的静谧，入了迷更入了心，这是存留在心中最清秋最唯美的画面，唤起一份恒久辽远的关于爱的情愫。

于是，每一天的精彩绝伦在自己恣意浪费的宝贵时光里定格，珍藏。

落叶而外，丽水其他的景致也能勾起我的怀旧与思乡之情。也许，不想失去的只是一份未泯的童心与童趣吧！

说到银杏，很自然的，就让人联想起龙泉一中的老校园，这让我到底惦着母校了。叶落满地，脚轻轻地踏上去，什么声音也没有，什么气味也没有，内心却分明有了某种喜悦。这喜悦，蔓延开来，滋润着身体的每一个部位，那么熨帖，那么通灵。这，是关于银杏最早最深的记忆啊！

少年不识愁滋味。整整三十年就这样过去了，而感觉却只是眨眼间。

听同学们说，老校园的银杏已搬移至新校园，关于青春年少的记忆，得以延续，庆幸之至。

是的，游子客居他乡，关于故乡、关于青春的点点滴滴，都会让人格外留恋格外在意。

带着稀疏的雨，夜姗姗而来。

常感雨天秋夜格外之美，恍如一个甜蜜的梦境，遗忘在了苍茫的荒野。

"月亮会出来吗？"小姑娘稚嫩的声音，从遥远的时空飘来，不经意间。

一夜透雨，寒意沁胸，我秋天了。

这个多雨的秋天，你在等谁？

我在等你！

——谨以此文献给高中三十周年同学会！

月亮还是那个月亮

"海上生明月，天涯共此时。"

又是一年中秋节。天上月圆，人间团圆。一轮圆月，寄寓着中华儿女盼望团圆的几多梦想。

晨起，冰儿发来信息，只一句简单的祝词——"祝爸爸妈妈中秋节快乐"，就勾起思绪无限。

大概是读丽中开始，忙忙碌碌的冰儿已无暇顾及节假日送礼物给我。而一份珍贵的母女情却会在不经意时泛起朵朵涟漪，并层层荡漾开来。

我看见，一个扎着两根小辫的女孩儿，自信满满地制作了一张贺卡。贺卡上画着两条珍珠项链，五个大字非常醒目——"母女同心链"。那一年，女孩十岁，课余时间正在辅导班里学画画。

我看见，女孩儿送的一束粉色康乃馨上插着一张贺卡，上面清清楚楚地写着："妈妈永远年轻漂亮。"八个彩字已然褪去了当初的稚嫩，颇有了几分力度、几分洒脱、几分喜庆。

我看见，女孩儿送的礼物——一个小小的幸运瓶，九颗色彩缤纷的幸运星和一张幸运卡在月光下闪闪发光。

……

不得不说，电子时代，文明进步了，文化却浅薄得多了。

想起曾经看过的一个小故事。一九九七年的中秋之夜，一个香港女人陪着她的内地情人在花园道上散步。女人突然说："我们上山看月亮去！"她的情人反问："月亮？哪一个月亮？"

　　月亮还是那个月亮！亘古如斯地眷恋着它的有情人。

　　今晚，你邀谁一起赏月？

　　昨天傍晚，从老爸家出来，和大姐一起走瓯江绿道。在莱茵花园门口，偶遇童年伙伴——伟燕。伟燕开着宝马跑车，抢眼得很。浓妆艳抹，一头卷发，时髦十足。一时半会儿，我还真的没能把她给认出来。昔日的发小，还是那么的年轻，那么的漂亮，那么的健谈，絮絮叨叨的，眼里闪动着灵光。

　　"去我家玩？我家就在莱茵别墅。"伟燕盛情邀约。

　　"我难得和大姐一起散个步，去瓯江边走走。"我赶忙说。二十多年未见，感觉这么冒昧地去她家似有不妥。

　　是的，我们不相见有二十余年了吧？我来丽水工作都快二十年了，倒是时常听姐妹们说起她。让人心生感慨的是，年少时天天腻在一块儿的玩伴，经历不同，文化程度不同，价值观不同，命运也截然不同。

　　我和大姐沿着瓯江绿道慢行，说不出的快意与悠闲。四周如此安静，如此美好：夕阳金色的余晖染红了层层山峦，白云缭绕其间，聚散自如，江面斑斑斓斓尽是光与影奏响出来的和谐的旋律，空气中荡漾着令人迷醉的不知名的花儿草儿的味道……这一切，让人澄思定心。

　　大姐打破了沉寂，说："今年老爸生日是十月七日，你正好放假。"

我知道，高三老师如我，十月七日肯定是要上课的。可我不想扫大姐的兴："老爸生日，无论如何，我都会回来的，放心！"

是的，老爸八十五岁了，生日过一个少一个啊！

记得那些年，每逢中秋，爸爸单位都要给每个职工发两筒包装简单的月饼，听说是手工特制的，味道特别好，香甜可口，比什么广式、苏式月饼都要好吃很多。

中秋还没到吧，小院里的孩子便开始倒计时了。发放月饼那天，小院热闹得不得了，人人奔走相告，喜乐之情溢于言表。让人馋涎欲滴的食品与美妙绝伦的心情，正好相衬，无以抵挡。

那个物资匮乏的年代，月饼不仅是充饥的美食，更是文化的符号，积淀着中华儿女向往幸福美满生活的心理诉求。

又是一年中秋节。天上月圆，人间团圆。

今晚，全家一起赏月，灯下品茗。吃月饼，看"秋晚"，全心全意陪公公婆婆。日渐苍老的爸爸和公公婆婆是我心头最大的顾念。

你若安好，便是月圆！

冬至日怀远

    天时人事日相催，冬至阳生春又来。

    时光匆匆，春秋代序，冬至悄然而至。

    冬至夜，翻来覆去，难以成眠。迷迷糊糊睡去，翻个身，又醒了。点开台灯，打开手机，不到五点。没有早自修，不必早起，想静静地睡回去，傻傻的清醒。干脆坐起，随手翻开枕边书籍——《乡土中国》，可心思又全不在书上。

    于是，就这样安安静静地躺着，享受凌晨的诗意时光，释放自然主义的美好情怀。爱极了小城将醒未醒这一刻的静谧美好，渐渐明了，美好生活，未必诗和远方。也许，就是眼前的刹那，若不珍惜，转瞬即逝。

    《小窗幽记》云："得趣不在多，盆池拳石间，烟霞具足；会景不在远，蓬窗竹屋下，风月自赊。"确然，体悟大自然之情怀，不必跋山涉水，不必费心攻略。真正的生活乐趣不在多，少往往更接近于美。我们惊喜于生命喜悦的同时，一定伴随着生命的感伤；我们渴望生命的慵懒闲适，却在不知不觉的繁忙中走向沉沦与堕落；我们渴望对生命形态和生命意义再观照再思考，却在追求幸福的路上渐行渐远。

    哒哒哒，哒哒哒哒……机动三轮车的声响，越来越近，是小区清理垃圾的。每天都在这个时辰，为静谧的夜带来一丝躁动的气息，酝酿着新一天的种子破土开花。

此时，许多的童年往事，串成珍珠，从脑海中，汩汩蹦出。

天微微亮，西街还沉醉在梦境里，起早摸黑的父亲去瓯江埠头挑水，挑满一天的新希望；夕阳西下，炊烟袅袅，系着围裙的母亲满大街寻找，叫我们兄妹几个回家吃饭。

在许多个月明如水的夏夜，西街的青石板路上，大人摇着蒲扇，小孩玩捉迷藏，犄角旮旯，人影绰绰，欢歌笑语，片片有声。那是一种遥远，一种饱满，更是一种孤独。

在人口密集的城市，在钢筋水泥的丛林，思想有一个宁静的去处，像是老天爷的精心安排。渐渐明了，以一种安静的方式，度过一清如水的人生，该是多么的美妙适心。寒来暑往，感知四时风光的微妙变化；苦辣酸甜，浸润悠悠岁月的温和光芒。

冬至作为一个传统节日，已有两千五百多年的历史，民间素有"冬至大如年"的说法。在我的老家，冬至有吃饺子的习俗，俗称"过冬节"。不由自主的，又想起许多的故朋，想起我亲爱的父亲，想起母亲父亲的团聚。往事历历，恍如昨日。

我出生那年，母亲三十六岁。听说那个寒冷的冬夜，我的降临差点要了她的小命。关于这段往事，每当母亲提及，我会在心里把我的愿望重复上一千遍一万遍，盼着自己可以快快长大，长大了可以好好地孝顺她老人家。而无私的母亲只是想告诉我，长大了要报答我的父亲。因为早产找不到接生婆，多亏了父亲能干，硬是把我从死亡线上给拽了回来。为人母后，我才更加深刻地理解了母亲的伟大，更加真切地体会了当时她所承受的全部痛苦——一个病中母亲分娩的痛苦。

小时候总是盼着下雪，盼着过冬节，盼着过新年。其实盼下雪是为了过年，因为过年不但放寒假了，有新衣服穿，有压岁红包收，还长大了一岁，自然很是得意。这种期盼过年的心境人在年少时大概都曾经历过，特别是在那个物资极度匮乏的年代。林清玄在他的散文《断爱近涅槃》里描述："每当年节一到，我就会忆起幼年过年的种种情景。几乎在二十岁以前，每到冬至一过，便怀着亢奋的心情期待过年，好像一棵嫩绿的青草等待着开花，然后是放假了，一颗心野到天边去……"好个期待过年野到天边去的心！不正是我青春年少的心境最真实的写照吗？

现如今，那个"温一壶月光下酒"、滋润过我干枯心灵的作家因心肌梗死在台湾去世了。想到人生苦短，不禁汗涔涔而泪潸潸了。

冬至夜，无眠，写下零星小语，兼怀父亲、母亲，以及带给我整个欢快童年的西街。

丽水的冬景

　　凡在丽水经历过冬天的人，大都会在不知不觉中爱上这里的冬天。

　　初冬的早晨，灰蒙蒙的天空含蓄着冬的味道，几棵小树淡绿点染，给苍茫的清晨平添了几分生机。

　　现在的我，越发喜欢在冬日的清晨一个人出门散步。信步逍遥，做一个恣意享受江南初冬美景的都市闲人。黄泥土石的小路上，吹来久违的田园之风。树叶偶有飘落，轻盈若雪，煞是好看。小路两旁人家种的花儿菜儿，足以使人眼明神爽气定神闲。

　　最妙的是眼前的一池湖水，草木鱼石，天光云影，倒影其中，清澈可见。一个人慢慢地欣赏，什么都可以想，什么都可以不想。累了，也可以坐下来，饱尝这无边旷野的静谧与开阔，享受江南浅冬给予人的自由与幸福，说不出的快意与悠闲。人到了这一境界，自然会胸襟阔达，名与利，得与失，实在不必有太多的计较了。

　　丽水的冬天，气候温润，色调明朗，难得一见雪姑娘的姿容。今年似乎是个例外。到丽水工作也该有十三个年头了吧？一年之中下足三场雪，记忆中没有留下任何可感的印迹。

　　二〇一六年的第一场雪，下得比以往的更温柔一些。窗外轻盈的雪花，翩然起舞，婀娜多姿。屋顶上，树枝上，田野上，仿佛笼了一层薄薄的白纱，雪姑娘曼妙迷人的风姿，便可领略得深透。期待大雪纷飞，雪深几尺，可以和小孩儿一起去打打雪仗，堆堆雪人，或风大若雷，躲在屋里过几天蛰居的生活，不定就是一年之中最有劲儿最有味儿的日子了！

我生长在江南，对于江南冬日的雪景，只有为数不多的记忆。而对于前人写过的关于雪的诗句却喜欢至极。"寒沙梅影路，微雪酒香村""柴门闻犬吠，风雪夜归人""前树深雪里，昨夜一枝开""晚来天欲雪，能饮一杯无"。好吧，独坐书斋冷，且温酒半壶！

有了雪的点缀与酒的助兴，自然少不了人的风情。

在我的心里，雪，不仅仅是一种天气的状态，更是一份甜美的记忆，一种难以言喻的幸福。这情感，只为有情致的人而存在，只可意会，难以言传。是的，言语是不够表达我的心绪的。

回想小时候在操场上堆雪人的情景，心里满是温暖与感动。柔柔的阳光照射下来，金色的光芒倾泻一地，那是初晴的雪啊！晶莹剔透，冰清玉洁，世界仿佛在一瞬间变成了一个童话王国。洁白轻灵的雪花，映照着心灵的纯洁无瑕，让人如此心动又如此温暖。

流年似水，日子静美。初心若雪，岁月莞尔。

愿来年不负，让晶莹的雪花在你我的心田，飞舞，落地，开花。

大雪小记

《月令七十二候集解》云："大雪，十一月节。大者，盛也，至此而雪盛矣。"时至五九，天大寒，雪渐盛。一年，已所剩无几。这样的季节，适宜蜗居，围炉煮雪，夜话江南。

大自然是一个绝顶聪慧的艺术大师，随风撒下几片鹅毛大雪，率性停驻在车玻璃窗前，再那么悠悠然地点缀几笔，征服感便十足。

在朋友圈发几张雪景图，温暖感动了远方的朋友。爱极了丽水的雪，雨霏霏，雪霏霏，像翩然而至的婉约又不失妖娆的美少女，美中还透着一丝温润。恍惚中，让人仿佛误入一幅水墨画里，已然绝尘而去，还之于天，还之于地了。

江南的雪，北方人也许瞧不上眼。可对于我这个生于斯长于斯的人来说，这雪，是冬季里上天给予的最好的礼物、最美的印迹。漫天飞舞的雪花，一朵一朵，飘来飘去，挂在树梢，落到地上，足以让人激动好一阵子。

这，令我到底惦着江南了。今生今世，借湖心亭主人的红炉，温一壶雪茶，可好？童子漫铺手卷，翩翩跹跹，缠缠绵绵。岁月素笺上洁白的诗行赋予白雪以深情，而舟子自横便是妙趣点染的一世情缘了。

赏了雪，拍了照，和同事移步花园边上的"暖身心阁"小憩。咖啡，绿茶，红茶，金银花茶，一应俱全。雪花清新的气息伴着咖啡浓郁的香味，扑鼻而来。几盏昏黄的灯光，幽幽吹醒柔美的光影，思绪一下飘到很远很远。

　　站在年的尾巴上，爬梳心情，收获感动。时间，见证了人心，验证了人性。随着时间的推移，越发明白了什么是真的，什么是假的。人年纪一大，涉事一深，常犯不合时宜的倔强之毛病，幸亏残冬心灵偶得负暄之乐，也算别有一番风味一番情趣了。正是：

　　多少风雨弄斜檐，

　　雪花穿堂前。

　　雪未散，

　　人相约，

　　宅一小舟度流年。

忆西街

（一）

一直以为，生命中最美好最可心的时光，不是因为我们对它有多眷恋多怜惜，而是因为在不经意间就这样失落了，永永远远，毅然决然，就像梦里一个温情的抚摸，你只能醒在它温暖的怀抱里，却不知其踪影，只能穷一生的时光去感念它、召唤它。

一条老街，一幢老房，一段岁月，一些情怀。

西街旧影，定格在记忆深处，像极了泛白发黄的老照片。照片中破旧的木板房在艳阳里更见破旧，精致的雕花窗棂纤尘不染，门框两边歪歪斜斜的春联漫漫漶漶看不真切，屋顶青瓦上的杂花乱草富有生机，迎风摇曳。

记忆中的西街，实在比泛白发黄的老照片更动人也更鲜活。那里，有我生命中最幸福最自由的童年时光。在它温暖的怀抱里，我拥有了一生中最值得珍藏的财富，这种为生命奠基的财富如影随形，弥足珍贵。

记忆中的西街，天空是那么蓝，空气是那么润，环境是那么清幽。夏日阳光下的蜜蜂和蝴蝶，在赤裸裸的天空自由自在地飞舞着，追逐着，招摇着，让人沉醉在无休止的梦幻中，如醉如痴。

记忆中的西街，何等的气象万千，又何等的令人心驰神往！孩子们把它当成大型游乐场，而它永远以不可估量的魅力吸引着孩子们，踢毽子、跳房子、滚铁环、丢沙包、捉迷藏等是孩子们天天乐此不疲玩耍的游戏。疯玩的伙伴们可以肆无忌惮地满大街满世界乱跑，累了，就结伴躺在草地上沐浴阳光，悠闲打发午后静谧慵懒的时光，拔几根干草嚼嚼，舌尖上满是阳光温暖的味道，它的养分、它的气息、它的滋味渗入内心，和着泥土组成的乐队在心田飒飒作响，犹如一支"田园交响曲"，缓缓而至，又渐行渐远。

（二）

幼小的生命与无忧的岁月相互交织盘旋，沉淀为生活，被我幸福地拥有。

西街，有我最亲爱的外婆照顾我们一家老少的生活起居。外婆是个典型的旧派女子，做事一丝不苟，喜欢把自己打扮得美美的：白皙的脸庞时时挂着红晕，乌黑的发髻里插一根簪子，一派洗尽铅华的素洁雅净，娉娉婷婷，袅袅娜娜。

西街，是最富有龙泉山城特征的小街。作为一条老牌商业街，店铺林立，巧匠如云，宝剑铺、青瓷铺、打铁铺、蓑衣铺、杂货铺、弹棉花铺……凡所应有，无所不有。杂货铺最吸引我的眼球，麻绳、油条、云片糕、兰花豆、手炒花生瓜子等小吃让人垂涎欲滴。最诱人的是西街头一个不知名的大爷做的"蛋饼"，黄油油、金灿灿的大饼，是挡不住的诱惑，堪称人间美味：一口咬下去，精肉香气扑鼻，肥肉油水流散，香软可口。有时候，外婆还特意让大爷放一个鸡蛋在饼里，真是吃了一个还想再来一个的。

忘不了，每天放学回家，外婆总是习惯性地拿了一条小板凳坐在西街青石板铺成的路边等我。远远地，看见我幼小的身影，就飞快地起身，迈开她那双小脚，颤巍巍地迎向我，接过我的小书包，牵着我的小小手，一起回家。

忘不了，外婆每天习惯于天一黑下来就为我们一家人烧好洗脸水，催促我们把脸啊脚啊都洗了，才安心回到自己的屋里睡觉。第二天早上，整条西街起得最早的人就是我亲爱的外婆，她总是在为我们准备了营养可口的早餐之后，才把我们一一叫醒，等目送我们上学后，又里里外外忙开了。

忘不了，外婆最喜欢穿的是一身粗布蓝大褂和蓝色大脚裤。其实，我知道，外婆是一个很爱美的女人，她就是节俭，舍不得在自己身上花钱。听邻居们说，我的爱美的外婆年轻时是龙泉西街的大美女。其实，不用别人夸赞，我也知道，晚年的外婆，岁月的沧桑虽然镌刻在她沟沟壑壑的脸上，但她那白皙、娇嫩的脸还是依稀可辨往日迷人的韵致，清贵极了，惹人遐思。等到我工作之后，买了新衣服送给她，可外婆依然还是喜欢穿她的那一身粗布蓝大褂和蓝色大脚裤，把新衣服叠好后整整齐齐地放在衣柜里，来了客人还不忘拿出来晒晒，嘴里直夸我们姐妹的好。

（三）

生活，穿越岁月的流沙，沿着界定的轨迹漫漫铺开，被我幸福地拥有。

我和母亲的因缘也非常的不可思议。我是个早产儿，出生那天，一个寒冷冬天的清晨，找不到接生婆，父亲在情急之中，拿起剪刀亲手剪断了我的脐带，使我安然无恙地来到这个世界。由于早产，体重还不足四斤，母亲便没日没夜地抱着弱不禁风的我，不曾睡过一个安稳觉。也因为孩子的不断降生，母亲辞去了西街街道的工作，一心一意在家照看孩子。

母亲的贤淑在西街是远近闻名的。慈爱的母亲说起话来总是那么的淡然轻盈，面含微笑。这种发自内心的爱和善意是母亲每日生活的一部分，晚辈们耳濡目染，浸润其中，真是获益匪浅。

可是，老天却不公，在外公外婆身体还比较硬朗的时候，就无情地带走了他们唯一的女儿——我的母亲。从此，阴阳两相隔，生死两茫茫；从此，刻骨铭心的思念，便没有了尽头，像屋顶青瓦上的杂花乱草般疯长，像汩汩而来的瓯江水，饱满而绵长……

母亲去世后，我们姐妹每个星期都要抽空去西街看望外公外婆。不久，我如愿怀上了孩子。冰儿的降生给全家人带来了无尽的欢乐，外婆的脸上又泛起了红晕，荡漾起爱的涟漪。

沧海桑田，俗情如梦。大约是二十世纪九十年代中期，由于城市建设需要，外公外婆不得不离开他们住了一辈子的西街。搬离西街的两个老人就像失根的兰花、逐浪的浮萍，郁郁寡欢，身体也每况愈下，于二〇〇〇年春天前后天一道离开了我们，让家人心痛不已，也让街坊邻居唏嘘不已。

外婆出生于一九一二年，我的冰儿于一九九四年降临人世，百年沧桑，世道苍莽，四代人的经历，目睹了老街西街的变化，见证了古城龙泉的兴衰。四十多年前，我生于西街，长于西街，却懵里懵懂不谙世事，缘来缘去之际，错失了许多美妙的时光，也辜负了时光中陪伴我的可人儿。

诚然，岁数越大，越发喜欢怀念过往，也越舍不得陈旧记忆中的残垣颓壁了。"君自故乡来，应知故乡事。来日绮窗前，寒梅着花未？"海天茫茫，风尘碌碌。花开花谢，人生无常。去的去了，永远不会再回来了。可是，西街啊，你是我的精神寄托之所灵魂皈依之地，你的阴晴圆缺永远存留在我的心底，无论岁月几何，温情依旧，思念依旧。

　　匆匆那年，地老天荒。

　　安然静美，守候如常。

　　思念如水，温柔芬芳。

　　蓦然回首，一窗暖阳。

　　安好勿挂，来日方长。

梦西街

从我多年的人生体验看，人的一生大半是生活在梦中的。大白天做白日梦，为实现梦想而忙碌而奔波；到了夜晚，又不着边际胡乱做梦。梦中，有对往昔人情的眷恋，更有对未来世界的涂抹与憧憬。

二〇〇三年仲夏，怀揣童年的梦想，我从故乡龙泉，一座历史悠久文化璀璨的剑瓷名城，来到山清水秀的"摄影之乡"——莲都。

说是童年的梦想，一点也不为过。青春年少的我，做梦都想离开小城，脱离贫困，脱离闭塞，特别是脱离"九曲十八弯"落后的交通环境。而今，身居莲都这样的中等城市，梦见的却全是青春年少时的人和事。

龙泉西街，梦之摇篮，吾心圣地。

十岁之前，我家住在龙泉的老街——西街上。这是一条古色古香的街道：两层三层的木板房连起一户又一户的古民居，石埠头、小店铺、小祠堂等随处可见，处处洋溢"老字号"的古朴气息。

西街风情，沉淀在记忆深处，被岁月冲洗得熠熠闪光，引人回望。

天微微亮，西街还在酣睡中，起早摸黑的父亲去瓯江埠头挑水，挑满一天的新希望。

夕阳西下，炊烟袅袅，腰系围裙的母亲满大街满世界寻找，叫我们兄妹几个回家吃饭。

在许多个月明如水的夏夜，西街的青石板路上，大人摇着蒲扇，小孩玩捉迷藏，犄角旮旯，人影绰绰，欢歌笑语，片片有声。

我时常和朋友讲，我是"西街的女儿"。我说这话是有底气的，不仅源于我生于斯长于斯，更因为不论岁月流淌世事变迁，哪怕走遍千山万水万水千山，我与西街，早已结下或前生或来世的种种姻缘，难以割舍。

如今，随着城市建设步伐的加快，西街的商业气息越发浓厚起来。自二〇一五年西街入围第一批中国历史文化街区名录，修旧如旧的脚步也愈发迫切了。而离开故乡二十年的我，每次回老家，故地重游，结果常常令我自觉或不自觉地一心念想着少时那些快乐甜蜜的时光，并对这荏苒的光阴起了一种留恋眷念的感觉。

自然，时光是不会倒流的，恰如一条不会逆流的河，那些留恋的、怀念的、期望的、感动的、悲慨的都将随岁月，渐行渐远。

当年的我，意气风发，义无反顾，离她而去。现如今，时过境迁，沧海桑田。禁不住，童年的梦幻，童年的形境，青春的情致，青春的意蕴，绵绵于胸，荡荡生烟。

是啊，这样一条古色古香的小街，自然是你走过了万水千山之后最心仪的所在。

西街，你是"美好"的象征，你是"青春"的代名词，你是"精神"的栖息地。

西街，你拥有我生命中最温暖、最甜蜜的时光，你留下了我的纯真、我的执着、我的梦想，你放飞了我的青春、我的激情、我的希望。

噢，我的心依然生活在故乡，在西街！令我魂牵梦萦的依然还是那个生我养我、让人想起就心醉的小地方，那些古朴优雅的风物，那些温暖静默的小时光。

一首小诗献给"梦中的姑娘"。

我想象西街的样子，那个梦中的姑娘，

也许扎一根大辫子，也许只是一个学生头，

街上常见的那种。

她窈窕的身姿，杵在一棵不知名的小树旁，

神秘的青石板路，泛着清泠泠的光。

那时候的岁月啊，真是静谧！

连麻雀都能像梦中的火车汽笛一样，

鸣叫，有时也会哗啦啦地下到瓯江，

冰冷冷的水，刺激声声。

十年，其实并不长，

想起她的童年时光，太阳碎叶般在风里游走。

谁都不知道，那时候她的样子，

会在此后变成一个一个画面鱼贯而入一个一个的梦境。

上西街

　　不知从什么时候开始，发现自己对西街越发爱得深沉了。节假日我是断然不敢造次的，我怕喧嚣的人群把我淹没，大红的灯笼让我出离。只在人迹稀少时，我才会轻轻悄悄地来。只在那一刻，我才会感受到自己与西街的际遇与契合，体会到西街精神之健美给予我的宝贵滋养。

　　而此刻，在老西街街坊邻居郑氏兄妹的陪同下，我又一次站在了心心念念的西街上。

　　我努力搜索关于西街的童年记忆。这是一条古色古香的老街，昔日为商贾云集之地，那些享誉处州的"老字号"，大都沿街而建，依水而兴，街景风貌颇具浙西南边城市井风情。

　　也许，在今天看来，西街的木板房有些沧桑，街道也算不上宽敞，可整齐的木板房一座挨着一座，大气的石板路一街铺开，特色鲜明。行走在石板路上，消逝的是岁月，领略的是古秀，心底油然而生的是感念之情。你来与不来，念与不念，它都在这里，就这么简单，这么自然。

　　记忆中，夏日的西街是古城最为热闹繁华的地方。街上满是追逐打闹的小孩儿，给静谧的古街带来几许生机。偶尔，也会看见店铺门口轻摇蒲扇纳凉的老人，那样悠闲，那样淡定，岁月仿佛在这一刻凝固，昭示出绚烂至极终将归于平淡。

我出生于西街，直到十岁才离开。在我日后四十年的光阴里，西街作为精神家园对我的影响一直是深远的，代表着人生许多安宁从容的文化意象，有生活中的静与美，生命里的喜与爱。

"一条街道就是一座城市的记忆。"龙泉厚重的历史写在西街的一砖一瓦、一花一草里。

在城市记忆馆——龙泉市文联所在地，不期然遇见莲都的朋友，喝茶聊天，甚是尽兴。郑先生说，文联边上就是他外公家的老宅，每次在这里喝茶，往往会产生回家的错觉。这话分明说到了我的心里。二十世纪九十年代中期，我家被政府征收的老屋距离文联也仅几十米之遥，这一片地儿是我童年玩耍的乐园啊！我们这代人，"文革"中出生，童年几乎是在玩中度过的，玩心浓厚，乡情亦浓厚，心底留恋的还是那些古旧的光华古老的做派。

据说，这座钢筋木材混合结构两层半的西式别墅是开明乡绅吴嘉彦的私人别墅，始建于一九二四年。院内绿树成荫，花草芬芳，陈设古朴雅致。无论你站在哪个方位观赏，眼前都是一幅图画。只见一个雕栏水榭，摇曳着光的影子，泉水叮咚，仙气袅袅；石柱石臼石磨，似曾相识，恍惚回到旧时光；背景亦有诗意，米黄色的灯光在雕花窗棂里浮动，衬起褐色的外墙显得又古秀又端庄；两棵小树淡绿点染，稀稀疏疏里倒透着几分野趣。

如今，吴氏别墅作为市文联办公所在地，时时弥漫着"书香"。清代学者梁章钜认为，人无书气，即为粗俗气、市井气，而不可列于士大夫之林。确然，最是书香能致远。上西街文联吧！这是一个能让你沾染书卷气的地方。

在西街"79琴调"小酒馆里坐一坐，颇有偷得浮生半日闲之况味。酒馆主人金少芬是我的童年玩伴，可惜此行未能一面。小酒馆雅致中不失温馨，娴静里满是浪漫，中与西的合璧，传统与现代的碰撞，让人感受到的是另一种风雅、另一番风味。

走出小酒馆，我开始漫无目地游逛。我不敢走得太快，生怕冒冒失失中唐突了这条老街。转角走进"老弄"，仿佛穿越了时光隧道。伏身聆听土墙的心跳，体验它的呼吸，感受它的温度……心远地偏，恍若隔世！在土墙边玩个自拍，土墙土脸相映成趣，不正应了那句老话：阳光照耀时，塔里的缝隙也愈发清晰。

可是啊，西街，你与我记忆中少小时光里的西街已渐行渐远，深以为，修葺一新的西街实在算不上道地的西街。想当年的西街头，一溜的爆米花炉子，"砰砰砰"的爆锅声，此起彼伏，有过年的味道。但我也始终相信，层次丰富的连续性和相对保守温和的稳定性，绵延着千年的乡土传奇，西街如是，古城如是，亘古如斯。

这些年，去过的地方不少，但无论走到哪里，都让人觉得喧闹无比。西街，这条其貌不扬的小街，在众生喧哗的大中国，以其清雅低调、沉稳内敛深得我意。

当一个平凡的生命遇见一个安静的生命，从此获得了精神滋养，何其幸运！我知道，我们彼此惦记的只是雕花窗棂里衬起的那份古秀那份端庄。

那么，就让我以自己的方式轻轻悄悄地守护这一方属于我的净土吧！

在西街

山城龙泉，历史悠久，物华天宝，人文昌盛，因产青瓷宝剑而闻名于世。这座既古老又现代的城市，保留了一条明清古街，数百年来以不变的传统文脉延续着古典的韵味，焕发出独特的魅力，成为人们心中永不褪色的城市记忆，成为一部"活着"的历史。

二〇一五年四月二十二日，住房城乡建设部、国家文物局公布了第一批中国历史文化街区名单，全国三十个街区入选，浙江省四个，龙泉西街名列其中。

全长一千四百一十七米的西街，东起新华街，南邻龙泉溪沿岸，西接宫头披云桥，北倚中山路。西街依山而建，依水而兴，"官渊"（蒋溪堰）沿街穿流而过。古街有谢侯庙、永福社、乌石庵、天主教堂、云岩祖社、蔡家大屋、周家大屋等历史文化遗存，极富浙西南边城街市风情风貌。

商贸中心在西街

西街，是一条典型的老牌商业街，木质商铺林立，能工巧匠如云，生活气息浓郁，乡土风光无限。西街作为龙泉最早的、唯一的商业街市，自古为浙闽南北商品的集散、互市之地。从棉布绸缎、金银首饰、中医保健品到农具炊具等生活、生产用品，凡所应有，无所不有。

五代至宋，龙泉青瓷业日渐鼎盛，古西街自此繁华。龙泉青瓷经龙泉溪整船运至温州，销往海内外。传唱至今的《云水谣》生动、形象地描述了当时的繁华景象："渠清莫疑水浅，瓷片斑斑似鱼鳞。"

历史风貌保存完好的西街具有民风民俗极好的业态，最可贵的是自然生态等都保存完好。自二〇〇八年开始，西街举行一年一度的"邻居节"活动，气氛热烈温馨，欢声笑语盈街，场面不亚于春节。

第一幢别墅在西街

龙泉县第一幢别墅——吴嘉彦别墅始建于民国十三年（一九二四），民国十四年（一九二五）竣工。

吴嘉彦，字梓培，一八七五年生于龙泉县八都镇，是一个开明的乡绅，拥有渊博的知识。其书法笔落千钧，苍劲遒健，为时人所喜爱。作品遍及处州十县，芳野村曾家大屋（浙大龙泉分校旧址）正门门楣上的"居拱北辰"四个大字为他所题。民国五年（一九一六）曾任浙江省第二届咨议员。解放后，吴嘉彦被八都区人民政府定为开明地主，受邀参加龙泉县第一次各界人民代表大会。

坐落在西街的吴嘉彦别墅为钢筋木材混合结构两层半的西式别墅，坐北朝南，中有阁楼，外辟一阳台，有鹅卵石砌成的大天井。院内遍植嘉木，绿树成荫，花草芬芳，又有石桌、石凳点缀其间，古朴中透着雅趣。一九五一年土地改革时，吴家别墅被没收归公，一九五六年为县农业局办公楼，一九五八年以后为城郊区委区公所办公楼。二〇一一年重新修建，现为市文联（龙泉书画院）办公用房。

江西会馆在西街

江西会馆坐落在西街以南的江滨路上，为江西籍人士集资所建的大型公共活动场所。前厅有宽阔的大戏台，中心有一个大天井。一九三七年，日军侵华，上海、杭州先后沦陷，浙江省属机关员工和商贾小贩等，陆陆续续来到龙泉避难，使县城人口激增。上海著名的海碧霞京剧团也逃难于此。海小姐是名旦，不仅貌美如花，而且技艺高超，她的演出叫好又叫座。直到一九四五年抗战胜利后，海碧霞京剧团才离开龙泉。

当时为了鼓舞人民的抗战斗志，活跃百姓的文化生活，京剧团率先在江西会馆演出。此外，还有松阳县中邹校长组织的一个名为"非非越剧团"也来到龙泉，常年在江西会馆演出。一九五一年，该团转为丽水县越剧团。解放后，龙泉县第一次各界人民代表大会和各界青年代表会议在江西会馆召开。

新中国成立初期，江西会馆成为算盘厂，交由文体厂使用，现已拆建。江西会馆门前有个"会馆潭"，潭水有两米多深，每当夏天，会馆潭成为孩子们戏水玩耍的绝好场所。

天主教堂在西街

民国十六年（一九二七），天主教宁波法国教区派苏维德（西班牙人）和金楚臣（浙江台州人）两位神甫来龙泉传教。民国十七年（一九二八），在西街天主教堂建西式圣堂一幢。民国十九年（一九三〇）开始，西街天主教堂归入处州加拿大教区。民国二十六年（一九三七），加拿大教会司铎范国昌来龙接任，在西街天主教堂建成修女住宅，并从丽水调来三位修女开办西街诊所。民国三十年（一九四一）七月，天主教会在西街创办教会学校——私立国昌小学。一九四九年，全县共有天主教教徒八十一人。一九五〇年，天主教堂停止活动。

蒋溪堰的中心区在西街

蒋溪堰俗称"官渊"，由官府出资建造而成。据《龙泉县志》记载，蒋溪堰始建于北宋靖康元年（一一二六），知县姚珏以郑公堰为基础修筑蒋溪堰，新凿云水渠。冬，兴工；次年秋，竣工，可灌溉良田三十顷。蒋溪堰的拦水坝修筑在西街西侧的岩樟溪、锦溪会合处，高达三米，长七十五米。古堰沿西街街道中心挖掘，宽两米，高一米多。堰面用石条铺就，直达大洋畈，可灌溉农田三千余亩。清同治七年（一八六八）重修蒋溪堰及云水渠，十月开工，次年五月竣工，用钱三千缗（每缗一千文铜钱），用石三千丈，用工数百人，横亘十余里，可灌溉良田四千余亩。民国三十年，政府曾两次对"官渊"开展大规模的清理疏通工作。

古堰迄今已有九百余年的历史，为西街、北河街居民饮用水、消防、防洪排涝及大洋畈农田灌溉等做出过巨大的贡献。二十世纪六七十年代，居民家中尚未安装自来水，每天清晨，家家户户都到"官渊"挑水，你来我往的，烟火气十足。特别值得一提的是，蒋溪堰水源出自岩樟山泉水，水质好，无污染，为百姓拥有一个健康的身体提供了保障。今天回想，我们的老祖宗为民造福做出巨大贡献，实为感动，敬仰之情，油然而生。

大地主周伯远住在西街

在龙泉，张雨庭、周伯远为地主阶层中的两大巨头，民间有

"张雨庭的树脑，周伯远的稻脑"之说。张雨庭拥有大小山林五十六处，面积二十万余亩，占全市的六十分之一。周伯远更是人人皆知的大地主，拥有大洋畈良田一千余亩，南乡良田数千亩，江滨路上有大屋数十间。

一九五一年，龙泉县召开县、区、乡三级干部大会，因当时没有招待所，也无大型旅社，全县八都、查田、安仁、道太、金龙五个区的干部共二百余人全部安排在周伯远的大屋住宿用膳，铺就了二百余人的床位和地铺。当年，干部开会都是自带铺盖的。该大屋在建国初期为县木制品厂所用，现已拆建，旧址在留槎洲大桥边上，前幢被建成江滨路店面楼和公园一角，后幢建成江滨楼。

新中国成立初期，中共龙泉县委接管了西街天主教堂，为县委办公用房，下设县委办公室、组织部、宣传部、农民协会、人武部等机构。其余机关单位在西街办公的有总工会、农业局、供销合作社总社、城郊区委、森林工业局、二轻局、手工业联社、土产公司、柴炭公司、城镇公安派出所、县委招待所、城郊粮管所、中医院等。县工业企业有国营粮油加工厂，集体企业有织布厂、机械修配厂、木制品厂、文体厂、竹器社、裁衣厂、制鞋厂、算盘厂、棉棕厂等。

老街是城市的灵魂，是文化传承的根脉，是一代又一代人心中挥之不去的乡愁。今天，西街入选首批中国历史文化街区，如何对它加以保护、修缮与合理开发，延续传承民俗文化，让文化为城市赋能，许多工作摆上了议事日程。我们要结合西街的历史特征，积极发掘符合时代要求的文化新境，构建完善西街精神体系，进一步丰富老街文化内涵，从而塑造出一个有个性、有灵魂的西街。

最是书香能致远

　　听说今年六月，龙泉的雨水特别多，足足下了一个月。到了七月，雨势依旧，酣畅淋漓地下，洋洋洒洒地下。夏雨潇潇，褪去了盛夏的浮躁与慵懒。我到的那一天，天居然放晴了。久雨初晴，迎来久违的太阳，恰到好处的温煦。朋友说，这晴天是为我而备的。

　　十八日，空气中开始弥漫起阵阵"书香"的味道。来自上海市普陀区作家协会的二十八名作家莅临龙泉，进行为期三日的创作采风考察活动。

　　晚上七时整，龙泉市西街文联驻地，普陀区作协主席杨扬老师开展了一场题为"当代文学漫谈"的讲座，为本次采风考察活动拉开了序幕。

　　杨扬主席以"沉下去、浮起来"为喻，生动地强调当代文学写作应当持有的务实、奋进的态度，并结合茅盾文学奖的评奖情况带领大家共同思索分析。讲座深入浅出，娓娓道来，使人有如坐春风的感觉。茅盾文学奖的诞生与评奖，趣味盎然，会场不时响起经久不息的掌声。

　　"从一九八二年第一届茅盾文学奖评奖，到二〇一九年即将开始的第十届评奖，茅盾文学奖已经成为中国当代文学最瞩目的国家奖项，也是中国作协最重要的工作。可以想见，茅盾的名字将与中国作协的工作融汇在一起。每四年一次的茅盾文学奖的评选，随着时间的积累，影响会越来越大，也会让一代又一代文学家们缅怀茅盾的功德，追随他的事业。"

"茅盾是上海的骄傲，上海给了他写作《子夜》的灵感，而这座城市也因为诸如茅盾等作家的参与而变得丰富伟大。"

杨扬老师分享他的真知灼见，我的思绪飞到了遥远的上海。这些年，多次到上海学习。记得二〇一〇年暑假，曾经带着冰儿去上海世博会游览，在"寻觅"中感悟城市发展的中华智慧。

讲座结束后，在文联那幢小时候经常偷偷溜进去玩耍的西式别墅前，我和同伴有幸与杨扬老师合影留念。随后，我们还与上海作协的老师们一道沿着西街走走，逛逛，闲话家常。在一家青瓷古玩店铺，杨扬老师买了他喜爱的一些瓷器，让我这个土生土长的"西街的女儿"倍觉开心。

七月的龙泉西街是幸福的，小小山城，因为上海作家群的到来而熠熠生辉。喜欢杨扬老师的讲座，切中历史脉络的线性结构分析与温良敦厚、大气从容的陈述相结合，俊逸儒雅的书生气质，一下就吸引了我的眼球。在杨扬老师身上，我深切地感受到：经典已成为一种气质、一种智慧、一种传承。

"腹有诗书气自华。"我想，这句话用在杨扬老师身上一定是最适合的。

最是书香能致远！在西街，遇见生命最美的境界！

让我们在平静的岁月里，守一份追求之心，读几本书，愿我们都可以把岁月过成自己最想要的样子。吟一小诗，以志纪念：

雨停有月云枝挂，
漫步西街暮夜凉。
一朵幽兰生逸兴，
千株绿竹满庭芳。
东方文友欣然聚，
龙沪诗家美誉扬。
齐待百花开怒放，
琼浆玉液任君尝。

家乡的古桥

　　很久以来，在我的心底，就存有一份念想，想着写一点关于龙泉古桥的文字。然而，却总是心存惶恐，惶恐自己写不出江南古桥韵味之一二。

　　中国是桥的故乡，自古就有"桥的国度"之美誉。千百年来，人们津津乐道的不仅有山城轶事、风土人情，更有随处可见从遥远而来见证小城发展变化的古桥。

　　水肤山骨的龙泉小城，河多，水多，桥也多。古桥之于龙泉，就像胡同之于北京、弄堂之于上海，任凭岁月流淌，时光流逝，古桥依然故我，不言不语。一座古桥，如同一个个沧桑老者，饱经风霜却情意绵绵，将小城的古今、文化等串联起来，展示出独有的历史风貌与文化传承。

　　有一座多孔石拱桥，在吾辈心中挥之不去，如梦如影，如幻如虹。它，就是今天依然屹立于瓯江之上的一座又古旧又生机勃勃的大桥——南大桥。

　　南大桥，原名济川桥，历史上几度坍塌，几番重修。据说，自唐以来有记录的修建达数十次，抗战时被烧毁。我们现在看到的桥是一九五九至一九六四年间在原址上由国家投资、民众义务参加劳动而建成的。在设计上，该桥以其北端螺旋引桥和栏杆上众多栩栩如生的石狮雕座而闻名于世，为浙西南最美丽的桥梁之一。

在二十世纪七八十年代，南大桥是龙泉南北联通的主桥梁。如今，城区的大桥共有六座，它们横亘在瓯江之上，犹如六条巨龙卧波，蔚为壮观。可我的心里一直觉得，南大桥之独特与美丽是其他任何一座桥无法比拟的。小时候，家住西街，南大桥的田螺旋、两岸的溪畔和水中的留槎洲承载着我幼时与小伙伴嬉戏玩乐的大部分时光。每每想起，依然心向往之。只是，幼时不知生活的艰辛，只记得玩耍时的快乐时光了。

在龙泉，木廊桥、碇步桥、石梁桥、石拱桥等，遍布村村寨寨，与百姓的生活息息相关。各式桥梁，是祖辈留给子孙后代的珍贵遗产。据《龙泉县志》记载，从两晋至唐宋，全国各地来龙泉避难的文人雅士，带来了木拱廊桥的制造技术，也带来了文人的雅气与情致。一弯木拱廊桥，承载的不只是浙闽人文精神的思维模式，更是全世界宝贵的精神财富。

霜降时节，我和同学相约到蛟龙乡蛟垟村拍摄廊桥。蛟垟村位于龙泉市龙南乡境内，是一个美丽、谦和的古村落，拥有丰富的历史文化和民俗文化。村庄低调地隐居在大山深处，山，像一位智慧老人，将它深情地揽入怀中，静穆着一种无言之美。饱受雪雨风霜侵蚀的古建筑静静地伫立着，天光云影，绿水轻舟，似乎也在静候着，等待我们的到来。

慢慢走向廊桥，只见桥边的花儿凋零了，荒草烟迷，一泓清泉似碧玉般发出璀璨的光芒；桥下生活着各种小精灵，溪谷河塘是它们快乐的家园。这个小小的世界，异常宁静，静得似乎可以听到心跳的声音。

信步走上廊桥，仿佛置身童话世界，迷离而恍惚着。石板缝里不经意间蹦出的一棵藤萝或是一朵小花，又会把你拉回眼前的现实中来。桥上各具特色的装饰艺术，题材丰富，搭配灵活，兼具实用价值和艺术价值。据村民们说，古桥是见证故事的桥，不约而至的老友聚会，家长里短的笑谈闲聊，时时刻刻都有可能在桥上发生。

山静似太古，日长如小年。故乡古桥八十九，一横一竖，一平一拱，古朴雅致。它们，虽比不上大河大桥那样有气派，婉约中却透着另一番韵味。是的，家乡的桥是有魂灵的，当你悄悄走进它，古桥之魂，就以另一种方式与你的灵魂交互融合了。

古桥之所在，天地之形境。千年古桥千年风霜，每一座古桥都是古村的守护者，守候着古村的风水文脉，也守望着乡村振兴的那一天。

当古桥被追溯被翻阅被激活，被后人一一捡拾，被嵌入记忆的羽翼，过往的意义已不止于回忆，更在于纪念与启示了。

古桥，愿你经过时间的洗礼，仍从容与坚定，满载一船星辉，通向诗和远方。

当时只道是寻常

一片在秋风秋雨中缓缓飘落的叶子，在常人的眼里，只是一片寻常的叶子，而在诗人的眼里，一片叶子却能看到一个世界、一座天堂。

星月黯淡的夜晚，路灯眨着迷离渴睡的眼儿，在人迹罕至的路上行走，感受到的是远离尘嚣回归宁静的喜悦，还是孤独无助草木皆兵的恐惧？这，完全取决于夜行者彼时的心境。

王国维曾言："有我之境，物皆着我之色彩。无我之境，不知何者为我，何者为物。"一个寻常景物，因为观景者所持的独有心境而成为内在情感观照的物象。境由心生，景随情动。一个人拥有怎样的心境，折射了他眼里的世界，决定了他生活的方向。

川端康成曾在凌晨四点醒来偶遇不眠海棠花不经意间散发出来的美，往日寻常的海棠在当时轻易地就牵动了川端的心。花未眠，人亦未眠。川端的深情细腻使他读懂了海棠花语，聚合刹那感动，领悟自然温情，在人与自然的和谐相处中真正达到精神敞开、彼此相融的境界。

牛顿一直被认为是世界上最伟大的科学家之一，而他却说："我不知道人家怎样看我，但在我自己看来，我就像一个海滩上的小孩子，偶尔拾到一块较为光滑的贝壳，而真理的大海我并未发现。"

生活不可能总是跌宕起伏、扣人心弦的。带着一双发现美的眼睛，怀有一颗捕捉诗意的心，才能从稀松平常的生活中领略到不同寻常的美。人生经历花开花谢的无常和阴晴圆缺的轮回，更多的美好淡然地开在每一个平常得不能再平常的日子里。

　　生活往往就是这样，将绚烂与惊喜隐藏于背后。如果你还在抱怨生活的庸常，可以试着像川端一样，为它注入诗意，"耳得之而为声，目遇之而成色"，领略自然万物给予的丰厚馈赠，让内心变得澄明空灵。如果你还不能格物致知，获得久违的真理，不如像牛顿一样，带着孩童般纯净的心灵在捡拾贝壳中获取真知。

　　转念一想，那种"众里寻他千百度，蓦然回首，那人却在灯火阑珊处"的人生境界，那种灵犀一点参透真谛的大智慧，那种由"雾里看花"到"豁然开朗"的大喜悦，也许只有天才才能参悟得明白吧？

　　生活慷慨赠予的许多事，经历的时候以为惊心动魄、荡气回肠，而时过境迁，蓦然回首，当时只道是寻常。正如作家张晓风说："人是要活很多年才知道感恩的，才知道万事万物包括投眼而来的翠色，附耳而至的清风，无一不是豪华的天宠。才知道生命中的每一刹时间都是向永恒借来的片羽，才相信胸襟中的每一缕柔情都是无限天机所流泻的微光。"

快乐是家的主旋律

在我最早的记忆里，我家住在龙泉的老街——西街那低矮的木板房里，房子很低、很窄、很暗，家里除了灶台、桌凳、床铺、衣柜，其余就几乎找不出什么像样的摆设了。七口之家靠父亲一人微薄的收入维持生计，也正因此，两个姐姐早早地就辍学了，干起了养家糊口的活儿。

在我十岁那年，也就是二十世纪七十年代末期，我家搬进了爸爸单位的新建房——广播站宿舍。那时，两层的砖瓦房在龙泉算是最好的房子了。宿舍里住着十二户人家，有土生土长的龙泉人，更多的来自全国各地，毕业于北大、清华、浙大、杭大等名牌大学，他们是听从组织分配，才来到龙泉这个小山城的。

小院不大，却是一个其乐融融的小院，是小孩们嬉戏玩耍的乐园。小院的正中有一口水井，井旁有一棵枝繁叶茂的桂花树，每到秋天，一树的花儿绚丽绽放，扑鼻的香气四处弥漫。幼小的生命与无忧的岁月相互交织、盘旋，最终沉淀为生活。

记得那时，最好的玩具都是我们自制的，踢毽子、滚铁环、丢沙包、捉迷藏等游戏是我们乐此不疲玩耍的。大家都喜欢和邻居分享，分享生活中美好的一切，这让我的心灵从小就丰润起来。

今天回想，尽管那时我们的物质生活并不丰裕，家庭条件更是捉襟见肘，却倍感温馨。是的，在小院，我度过了一生中最幸福快乐的时光，我拥有了一生中最值得珍藏的财富，这种为生命奠基的财富弥足珍贵。

一九八九年大学毕业后，我走上了工作岗位，暂时离开了小院。七年的乡居生活，远离都市的喧嚣与繁杂，摆脱了俗事的纷扰和纠缠，有些平淡，有些简约，有些寂寞，但这也给我的青年时代涂上了一层素净淡雅的色彩。忍不住时时回头观望，心中莫名地会有些许感动。更为重要的是，七年的乡居生活，从恋爱到结婚到生子，我走过了生命中最重要的一段历程。

生活，穿越岁月的流沙，沿着界定的轨迹漫漫铺开，被我快乐地拥有。一九九六年，我有幸从乡中调到城里。二〇〇二年，为了方便孩子就近读书，我把家搬到了龙泉二中的校园里。

搬进龙二中两间简陋的小屋，迎来许多疑惑的目光。其实你不身临其境，又如何能体会我的陋室情怀。这种建于二十世纪七八十年代红砖灰瓦没有外墙装饰的低矮的房子，总能让人心生一种怀旧的情愫，一份往昔不再的留恋之情。我的快乐的少女时代，不就是在这样一个笼着花雨的梦一般的小屋中度过的？

一样的陋室，一样的桂花树，一样的追梦情怀……莫非这是冥冥之中老天爷刻意的安排？忽而想起刘禹锡的诗句"苔痕上阶绿，草色入帘青"，此情此景，便觉自己像极了传统文化里的"隐士"。我有意在此精心构筑我精神的两间小屋，让家的温馨和快乐浓浓萦绕于小屋之中，更喜夜深人静之时在书的海洋中与名人或凡人做面对面的交流。

是的，现在的人们也许难以理解我的所作所为，我只是将自己寄托蓝空看过往流云，渴望如风如云般自由自在的生活，希望在心的田亩上种一片海阔天空。

二〇〇三年，因工作调动之故，我们举家迁往丽水市莲都区。前年暑假，我又搬了新房。新家就在学校边上，每天可以走路上下班，幸福感油然而生。今年国庆，我把九十一岁高龄的婆婆从老家接来一起住，三代人住在一起，其乐融融。其实，生活还是和往常一样，简单而又充实，简约而又幸福，简洁而又快乐。只是，在人生的舞台上，许多的际遇在不断变化之中。

由此我总结出，凡夫俗子，庸常人生，烦恼和忧愁组成的日子，一定少不到哪里去。但在这条踏着欢乐节拍寻求幸福的路途中，我始终坚信：境由心造，快乐是家永远的主旋律，诗意的栖居已是可以触摸的现实。

忆人念事

思念

（一）

每年都要到一些城市，今年也不例外。

行走在一个个陌生的都市，穿梭在钢筋水泥林立的丛林，到处是汽车尾气，人声鼎沸。迷失着，迷失着，如同影子，如同灰尘，找不到真实的自己，那个单纯的自己。望着茫茫人海，看着浮华现世，我常常无言以对。

静下心来，扪心自问，来到这个世界为了什么。年少的我曾幼稚地认为，是为你——今生今世最疼爱我的你啊！我知道，我对你来说是多么的重要，我是你的快乐，是你的依靠，甚至是你生命的全部。可生活偏偏捉弄我们，在我终于长大，自以为可以让你引以为豪的时候，你却永远地离我而去了，那么毅然决然，未曾留下只言片语。

这是一种怎样的撕心裂肺的痛啊！

（二）

时光总是把过去的日子冲洗得熠熠闪光，引人回想。

世上最疼我的那个人，被埋在了泥土的下边。我们永远地被世界的两个极端隔离着，隔离着。梦里依稀是你慈祥的面容，刻骨铭心的面容，而有时，这面容却会在泪眼盈盈中变得模糊，依稀难辨。

心里，只有默默念叨：妈妈，你在天堂还好吗？

我们不相见已整整二十八年。

二十八年，在记忆的长河里，也许只是一瞬。可对我来说已太久太久。失去你的日子，时间被拉得很长很长，一如走在淅淅沥沥、绵延不绝的江南雨季——孤独、寂寞而又空虚。

无论怎么走也走不出，走不出你的影子，走不出你深情的目光。

（三）

日子置换着年龄，兑取着心情，埋葬着发霉的记忆，呼唤着来自天堂的声音。

在这个被鼠标和键盘敲打得令人疲惫不堪的生存空间，唯有思念犹如毒蛇一般爬向我寂寥的心灵。

而当繁华褪尽，我终于相信：孤独是一种力量，思念是一种力量。

它使我清醒，不再贫乏，不再失落，不再空虚。

感谢你，母亲——

是你赐予我宝贵的生命。我的血里悄悄潜伏着你的一切，我的脸上隐隐印刻着你的容颜。在你温暖的怀抱里，我获得了童年的快乐和幸福；在你的潜移默化中，我拥有了一颗朴素的平常心……而这些都是我一生享受不尽的无形的财富！

（四）

思念，有时是一种复杂的心绪，有时会在心底留下美丽的印花，偶尔还会在心底飘起墨书香……天堂的你，也会思念我们曾经拥有的美妙过去？也会思念我们相依相拥走过的点点滴滴？

　　你的一生走得很平凡，似乎什么也没留下，随着时间的流逝，人们已渐渐把你遗忘。

　　可我，不能！

　　每一年，我都要到你的坟前，带给你许许多多的惊喜，是你生前不曾料想的。相信你的在天之灵，一定也在祝福你心爱的女儿。

　　想你，思绪飘洒轻扬；

　　想你，在每一个孤独拧成的日子里；

　　想你，愿化作流云，化为飞絮。

　　点缀，在你的波心，聆听你的心跳。

　　醉入你，如烟似水的梦中。

兰花又开了

这个夏天，家里的兰花一茬接一茬地开。

想起那年的夏天，时逢我高考，家里的兰花开爆了，把个小院熏得香甜，令人迷醉。更有一对喜燕儿，在我家的阳台下筑窝，母亲说："燕子能够觉得我们家阳台安全舒适，喜欢把这当家就好。"慈爱的母亲说起话来总是那么的淡然轻盈。这种发自内心的爱和善意是母亲每日生活的一部分，晚辈们耳濡目染，浸润其中，受益良多。

我家小院是父亲单位的宿舍楼，两层的联建小洋房，住着十二户人家。小院里大部分的住户都不是本地人，他们毕业于北大、清华、浙大、杭大等名牌大学，他们是听从组织召唤，才来到龙泉这个小山城的。物资极度匮乏的年代，小院是个其乐融融的小院，大家都喜欢与邻居分享，分享无论是物质还是精神的果实。

在很长的一段时间里，小院是我的整个世界；

在很长的一段时间里，兰花带给我情感慰藉；

在很长的一段时间里，母亲引领我精神成长。

年轻的生命与无忧的岁月相互交织、盘旋，沉淀为生活，被我幸福地拥有。

邻居们都说："喜鹊来，好事近。老周家的女儿一定能考上大学。"

果不其然，我如愿考上了丽水师范专科学校，并选择了自己喜爱的汉语言文学专业。

那年的夏天，真是喜事连连啊！母亲的脸上荡漾着比兰花还灿烂的笑容，令人迷醉。

如今，在阳台种满兰花的母亲已长眠地下二十八年，燕儿双宿双飞的情景也随时光的流逝日渐模糊，小院更因位于黄金地段于一九九五年面向社会公开拍卖。可温山软水的记忆依然活色生香，家里的兰花依然开得旺盛，生生不息。

今年春天，冰爸从龙泉老家的高山上搬运回来好多的"土山灰"，换盆后的兰花如雨后春笋般，开得更是劲爆，一茬接一茬。

睹物思人，耳畔依稀传来邻居温馨暖人的祝福，脑里总是浮现母亲比兰花还灿烂的笑容。母亲，女儿想你了。

夏雨如涛满地花，

梦迎风信渡天涯。

思君不见推杯饮，

裁叶传声胜眷家。

三月已走远

听说又要降温了。是的，真的降温了。

窗外，凄风伴着冷雨，淋淋漓漓。

推窗，但见整个檀香园已被染成一幅淡彩水墨画。

三月，是个颇难将息的月份，乍暖还寒，忽冷忽热。

三月，有我最亲爱之人的离世，徒留无尽的痛楚与思念。

这些年，我一直不能承认母亲已经离去的事实，那个美丽的三月的谎言，我情愿它只是一个谎言；这些年，我一直在等，等一个奇迹的出现，希望可以再看一眼我的母亲。

赫尔曼·黑塞曾说："花朵注定要凋零，人注定要死亡，沉入坟墓里去的人和花朵，到了春天，都会苏醒过来，病痛的身体也全都将获得赦免。"可是，母亲啊，你又在哪里？

于是，我只会在梦里见到母亲，尤其在三月，今年也不例外。梦境很精短很离奇却很清晰。说瓯江发大水了，家里一下子涌来好多好多的鱼儿，母亲喜形于色，说："我做点烤鱼给娃儿们吃吧。"一边说着，一边卷起衣袖动手忙开了。

母亲有一个习惯，喜欢静静地坐在一旁看我们吃美食，脸上洋溢着笑容，这是存留在我记忆中最温馨温情的画面——偌大的一个房间，只有我们母女两人，相顾无言。一块块红色的地板擦得亮极了也凉极了，头顶上的电扇一圈一圈缓缓地转动着，诉说着从前那个老岁月的慵懒与随意。衣香鬓影，温梦软语，带着母亲特有的慈爱与温存。

我留恋这样特殊又美妙的时光，真不愿醒来，又何须醒来！

母亲啊，你可知道，女儿有多舍不得你离开！我们不相见已整整二十三个年头了吧？

七岁那年，我离开西街，离开母亲，跟着大姐去大沙乡小读书。母亲给我挂上一个平安符，说是此去经年，关山云海飘渺，客地灯寒梦远，少小孤单无依，但求菩萨保佑。

一情一景，历历如在眼前；一字一句，深深镌刻心田。

我大学毕业去兰巨中学报到的那一天，母亲非要送我，无奈老爸借来的三轮摩托车载物有限，只好作罢。临行，母亲从牙缝里挤出两句话："好好教书，听校长的话！"温和的母亲说起话来总是淡然笃定、朴实无华。

母亲去世后的一天，大约五一节前后的光景，我去鞋柜找一双白色的单鞋，无意中从鞋里翻出两个金戒指。告诉父亲，父亲也觉得奇怪，不知母亲把金戒指放在鞋里是何用意。关山万里，云海飘渺，阴阳相隔，再难知晓。

流年似水，花期如梦。如今的父亲，身体已大不如前，匆匆忙忙之间，就快九十高龄了。早在父亲八十岁生日那天，我就在担心，生怕哪一天他说走就走了。

前几天，父亲拿出所有积存的金戒指，一人一个，姐妹们自己挑选。不知父亲分发戒指有何用意，心中却有不祥的预感。最后一个戒指给了我，不是母亲放我鞋里的那两个。我以为父亲早已忘记当年的事了，可他却低沉着声音，凑到我的耳边说："这个小戒指是你母亲的订婚戒指，好好收藏！"

父亲的话语，如此平静。我想，能够拥有如此平静的口吻，得经多少岁月的洗礼与浸染啊！

果然是个好物件：老派人的雕工，小巧精致，四个正楷小字沁得典丽极了。"真是家传的珍宝，"我说，"爸，你和我妈是哪一年订婚的呀？"父亲听了，顿时绽放一脸的笑容，年轻极了也好看极了。

"这个戒指，无论阴晴圆缺风里雨里都会跟我形影不离的！"我大声地告诉父亲，仿佛完成了一项庄严的使命。

人生风风雨雨，聚散离合有因。清风明月与我，皆是人间过客。愿你此行，衣襟带花，岁月风平。

清明祭

生命的逝去恰如秋叶，寂寂静静，缥缥缈缈。

叶落无痕，人生有轨。世间万物，生死有时。

"清明时节雨纷纷"，似乎上天也读懂了清明的哀伤，总在这个时节不停地流泪。清晨五点，一场透雨把我从睡梦中惊醒，思绪一下飘到很远。

记得小时候，大年初一，父亲总要约起小叔带上我们兄妹几个一起去"拜坟年"。

这是老家的旧俗，从大年初一开始，山上随处可见手拎祭品肩扛锄头的人们，男男女女，老老少少，成群结队的。乡里乡亲都喜欢在家人团聚的日子里结伴去祭祖祈福。还有清明扫墓，每年，我们兄妹几个至少有两次去母亲的坟头祭拜祈福，述说心曲。

在母亲的坟前，我双膝跪地，默默地，默默地，把自己的心里话，一五一十地说给她老人家听。我知道，若地下有知，母亲会感到欣慰的，她心爱的女儿终没有辜负她的期望。在母亲的坟前，我双膝跪地，在心里默念，祈愿一切，顺遂平安。

依稀记得二十世纪八十年代末期，我大学毕业分配到龙泉市兰巨中学任教。

这是一所离市区只有十公里的乡中学。第一次去乡中报到，母亲坚持要送我，无奈父亲借来的三轮摩托车载物有限，而她为我准备的行李又多，只好作罢。临行，不善言辞的母亲好不容易才憋出两句她认为最重要的话："好好教书，听校长的话！"善良的母亲说起话来总是柔柔的、软软的，很少使用感叹语气，看得出来，这一次，她特别认真。许是年轻不谙世事吧，当时的我并没有在意母亲说的话，心里还直笑她"迂"。

母亲去世后，她的话却在我的脑海里日益明晰起来。是的，它一直烙印在我的心底，它一直催我奋进，促我前行。现在的我，终于有余暇设想，她简短的话里其实包容了多少的意涵，又对我寄予了多大的期望。而我永远不能原谅自己的是，那个年少轻狂的我，何曾为她想过，为她那个被高血压所困扰的身体想过。

我的母亲——徐松秀，二十世纪三十年代初期生人。以她那个年纪的女人来说，读过几年书，算是幸运的了。母亲不仅是个知书达理之人，她的善良淳朴更是有口皆碑的。在她的眼里，世上没有坏人，人人都是好人。不会心存恶念，不会算计别人。她与人的交往也很简单，不争名，不争利。因此，在生活中，母亲常常就是那个吃亏最多的人，但她从来不抱怨。

母亲出殡那天，一九九三年三月十二日，植树节。久雨初晴，微风和煦，前来奔丧的亲朋好友，都是一边哭着一边絮叨着她的种种好处的。蓦然发觉，一个对生活要求不高的女人是多么的完美，尽管她的人生之路并不漫长。

在我的心里，一直有一个朴素的愿望。这个愿望和那个在人生活到最狂妄的年龄上忽地残废了双腿的残疾作家——史铁生的愿望一样——"儿子想使母亲骄傲，这心情毕竟是太真实了。"遗憾的是，这样的心，对我来说，却来得太迟，太迟了。

此时此刻，我多么希望，希望时光可以倒流，让并没有享过几天清福的母亲也能够因为她的女儿而骄傲。虽然这几年，我一直在写一些纪念母亲的诗文，但是，却怎么也不能减轻我内心深度的歉疚与痛苦，不能减轻我绵绵的思念与怀恋。

今年的清明节，我们是带着踢宝一起去扫墓的。小家伙不停地问这问那，突然明白，血浓于水啊！

从市区开车不到十分钟，过了后沙桥往左转大约五百米，就是母亲的墓地了。小妹说，这一片山林已被宋城集团购入，准备建别墅了。母亲的墓地，坐北朝南，视野开阔，还可以看得见祖屋，是块风水宝地。

母亲，日子过得真快，一眨眼的工夫，你睡在这里已整整二十四周年了。你睡在我奶奶的身旁，想必是不孤单不寂寞的。今天，我想告诉你的是，孩子们正商量着要把你的家迁回城里，让你，一个名副其实的"西街的女儿"回到生你养你的那块热土去。

母亲，丁酉年，是你的本命年，搬家这件大事，今年一定得把它办妥了，以后，想去看望您老人家就更方便些。其实，母亲，你知道的，我并不在乎你住在哪里，在我的心里，你是自然的精灵，你早已和大自然融为一体，"托体同山阿"，树木、山川、河流、花朵，造就了你的血肉和魂灵，生生不息。

"清明时节雨纷纷"，又是一年风清景明时。再次想起母亲的话，不觉之间，泪水从眼中滑落。年少轻狂的我，总以为生命是一汪不会干涸的海，等到死亡逼近时才知道生之可贵。生命如此脆弱，不能想象，只短短的七天，我们就永远不能相见。

在墓地的不远处，就是龙泉的母亲河———瓯江，掬一捧乡土，饮一杯乡愁，点一瓣心香，抚一份忧伤，母亲大人安息。

　　今天，清明节，我把一首《生命的献歌》唱给你。

　　母亲，我的赞美诗，穿山越岭，

　　飞过海洋，像一只欢乐的鸟儿，唱出甜柔，

　　唱出生命的献歌。

　　当我想你的时候，

　　眼泪涌上我的眶。

　　我要变成一阵春风，抚摸你；

　　我要变成一汪夜的眼，注目你；

　　我要变成甜美的梦儿，照亮你；

　　我想变成水的涟漪，从此，

　　便是吻着你了，母亲。

长发情结

从我有记忆起，大半的时间，我是留长发的，就是坐月子也没把心爱的长发给剪去。

曾经有个同事问我，为什么不改变一下发型，染个颜色或烫成卷发什么的，那样更有女人味啊！其实，不是我不想，只是没有勇气而已。我一直以为，卷发是适合妩媚之女子的，而我呢，则是偏向清纯的。都说适合自己的才是最好的！

而且，连我的学生都喜欢我留长发呢！记得有一年的教师节，我收到了一张从上海寄来的贺卡："周老师，忘不了，你食指上蓝色和红色圆珠笔印痕；忘不了，我背不出古诗时，你让我唱首歌的美丽惩罚；也还记得你经常一天换两套衣服的习惯。另外，告诉大舟老师一个小秘密：中考前夕，你在我的前桌答疑，我悄悄拔过你的两根长发，嘻嘻！"调皮可爱的学生让我情不自禁笑出了声。

从我有记忆起，全部的时间，我的母亲是剪短发的。

母亲是三十六岁那年生的我。她是一个典型的中年妇女：齐耳的短发，耳后两个黑色的发夹在黑白相间的头发里闪着亮光，一脸的清纯与秀气。

我常想，"长发情结"也许是女人与生俱来的吧！一个一辈子都留短发的女人居然也钟情于长发。母亲为了这个七口之家舍弃了许多，付出了她的全部。

还有另一个关于长发的记忆由模糊变得清晰。

小时候，母亲给我留很长很长的头发，这是大姐在母亲去世后告诉我的。大姐说，大人们都喜欢给我扎辫子，还天天换着花样扎。

写到这里，情不能自已，强忍心中泛起的悲痛，成串的泪水已模糊了双眼。

记忆之门缓缓打开，一些陈年旧事也鲜活灵动起来。

不知不觉间，我到了上学的年龄。因为七岁就吵着要读书，而城里又不让读，所以只好去了离大姐工作的大沙乡政府只有几百米的乡中心小学就读。无奈之下，母亲带我去剪了一个很短很短的学生头，像个假小子。这样的短发直到大学毕业。

所谓"无巧不成书"，人生真的会遭遇很多的巧合。当我生下冰儿后，我的"长发情结"也因她要读书而中止了。

清楚地记得那是一个周末的晚上，我好说歹说，终于说服冰儿同意剪个"学生头"。不料，回到家里，她却大哭了一场，歇斯底里地喊："我的头发，我的头发，妈妈你赔我的头发……"我在一旁默然无语，心想，你就尽情发泄吧！一直赞成冰儿留长发的我的婆婆，更在一旁数落我，说我是个狠心的女人。而她哪里知道，我比她还不舍，特别是强人所难割人所爱，根本就不是我的为人风格啊！

事后，我和冰儿作了沟通，懂事的她很快就理解了我的一片苦心，并把这段往事写进了她的作文里："小时候，我总是非常贪玩，像个假小子。妈妈总是笑着对爸爸说：'你多管管家中的假小子吧!'爸爸却说:'给她自己生活的空间吧,我们总不能教育出一个只顾死读书的女儿。一个没有童年的孩子,怎么会快乐呢?她的思想恐怕也不会健全的。'妈妈带我去理很短很短的学生头,她说她和爸爸工作忙,没有时间天天为我梳理漂亮的头发;每次出差,爸爸总是喜欢为我买来不合身的运动服,他说这样的小孩才洒脱,才阳光。而我总是恨恨地说:'你一点也不关心我……'"看到冰儿的文章,我会心地笑了。

是啊,谁的成长不需要付出代价呢?

今兮昨兮,历史总是惊人的相似。

如果你也是一个和我一样有着"长发情结"的女人,在孩子留长发与否的两难问题上,我想,除了爱心,有时还是要有点狠心的。

生日怀想

　　记忆中有许多的生日是特别暖心的。

　　小时候，家里的生活条件很清苦，可是，每个孩子的生日母亲都记在心里。生日还没到吧，母亲就开始记挂开始念叨了。我们呢，则掰着小指掐算。盼望着，盼望着，终于，生日到了，母亲便给孩子们烧蛋面吃。小寿星的那碗必定是多一个鸡蛋的，藏在面条的下面碗的底部，吃着吃着，吃出一份感动，吃出一份温暖。

　　母亲喜欢坐在一边，看大家吃得津津有味，脸上露出满意的笑容。有时，我想让母亲也吃一点，她却总是说自己不喜欢吃。小时候，我不明白，母亲为什么不多煮一碗面条。长大了，才懂得，母亲的心里，永远只装着孩子，唯独没有自己。那时候，蛋面对我们具有别样的吸引力，对母亲亦有非同寻常的意义。

　　母亲去世后，我就很少过生日，不为别的，只是不想引发过多的伤感情绪，毕竟孩子的生日是娘的苦难日。小时候，冰儿也多次问我，为什么家里人的生日都记得过，妈妈自己的生日却不过。我和她说明原委，两人一阵沉默。懂事的冰儿最理解我，她会悄悄买来礼物，给我带来意外的惊喜。

　　其实，这两年的生日过得还是别有情趣的。

　　前年，高二（12）班的同学们提前（生日那天出差）给我过生日，成为生命中生日之经典，令我永生难以忘怀。

周五第五节，语文课，一切和往常一样，我在讲台上候课。铃声响起，两个女生和一个男生推门抬进一个蛋糕。蛋糕精致极了，形状是一本翻开的语文书。左边一个女老师的背影，一袭绿衣，长发飘逸，手握教鞭，亭亭玉立。右边红色的文字很醒目："捧书吟读的是你，细心教导的是你，好妈妈好老师是你，不辞辛劳的是你。四十五载岁月，您将一半的光阴撒在教育的土壤上，时光虽逝，愿你安好。吾之幸，汝为师！老师，生日快乐，我们爱你！"

我惊讶极了，生日蛋糕传递的，不止关心，不止温情，还有一丝失落的文化，一份古典的情愫。

去年生日那天，与备课组八位老师一道赴宁波参加海峡两岸民国经典阅读同课异构活动。同事的同事请吃饭，酒美，菜丰，人和，吃得高兴谈得也高兴。饭后冒雨信步游览老外滩，玩得更是尽兴，听课随感——《好课的另一种可能》还获了奖，得了一份奖品，是小小的插曲也是意外的惊喜，开心至极。

又是一年生日到。惜来去之匆忙，叹人生之须臾，恨聚散之无常。感慨之余在朋友圈发一小文，聊以遣怀，却不料收到远方朋友的一首藏头诗，真是人生处处都有美的遇见啊！

贺词热切见情真，

周氏家门庆诞辰。

新酝飘香人欲醉，

红梅含笑岁迎春。

生逢盛世文章妙，

日遇嘉期契友亲。

快意尤看桃李艳，

乐于奉献倍精神。

回忆我的母亲

　　记忆中，有一份童年的影像一直无法抹去，尽管母亲离我而去已整整二十八年了。

　　夕阳西下，晚霞染红了西边大半的天空，那么纯粹，那么耀眼，给天空镀上了一层闪闪的金光。小城，就在那一刻幻化为一个安静、祥和、无言的老者，只留下繁华褪尽后的庄严、明净之美。在这样耀眼、醒目的背景下，一个剪着齐耳短发、着装素净却不失优雅的中年妇女，站在南大桥上，手扶栏杆，目光远眺，神情专注。她，在纵目搜寻一个小女孩的身影。

　　这个场景定格在记忆深处，恐怕是我活多久，就要定格多久了。记得当时，那个幼小而胆大的我已央求过母亲多次，不必次次接送，因为上学路上除了几只伸长脖子的白鹅是我畏惧的庞然大物之外，其余的也没什么好怕的。可母亲根本不听，每次亲自送我到南大桥，然后在桥上目送我，风雨无阻。

　　时光穿越到一九七五年。那年九月，我到了上学的年龄，可家附近东方红小学（西新小学）的校长说我年龄尚小，不让报名。女校长也是齐耳短发，和母亲很像，只是目光犀利，表情僵硬，不苟言笑。无奈之下，母亲只好送我去离大姐工作的大沙乡政府只有几百米之遥的乡中心小学（江南小学）就读。

那时，我家住在西街，离大沙乡小大约五公里的路程。五公里，对于一个七岁的小姑娘来说，是一段多么漫长的路途啊！母亲每每亲自送我到南大桥，然后站在大桥上目送我，直到我的背影消失在她的视线中。

每个星期，我一般只回家一次，上学时间则与大姐住在一起。对我来说，周六中午放学回家就是一周中最幸福的事了。我经常是一路疯玩到家的，有时甚至天色暗将下来，也不知道回家。那时幼小的我哪里知道，我不在家的日子，母亲的心一直都是悬着的，不曾睡过一个安稳觉。

记忆中，母亲从来没有打骂过我们兄妹几个，即使我们犯了错，她也是细声软语地引导，从未表现出生气的模样。小时候，我们都从心里敬畏着母亲，在我的眼里，她是一个不怒而威的人。

善良的母亲从来不抱怨生活，相反，她总是对生活心存感激之情。我的母亲——徐松秀，出生于二十世纪三十年代初期，她们那一代的女性，生活目标单纯至极，只是一味地想着要照顾好孩子。记忆中，母亲的喜怒哀乐都因我们而起，我们就是她生命的全部，是她活着的全部意义。

母亲是嫁到父亲家才开始吃苦的。父亲家里有兄妹五个，母亲却是家里的独生女，外婆视她如掌上明珠。最辉煌时，外婆家有良田几十亩，房子七八植（都在当年最繁华的西街上）。听外婆说，母亲到四岁才断奶，读了好几年的书，直到她自己不想读了才作罢。

随着我们兄妹几个接连不断地来到这个世界，母亲便辞去了西街街道的工作，开始全心养育孩子，料理家务。而父亲又是一个大忙人，那时，他在龙泉县城郊区委工作，三天两头要下乡，有时甚至几天几夜也不着家，柴米油盐酱醋茶的事情，都是母亲一肩挑。

我很幸运，有一个知书达理的母亲相依相伴了二十四年。虽然我们家家境不够好，但母亲每个月都给我们零花钱。她始终觉得，正在长身体的我们需要补充营养，我们想吃什么，她总是尽量满足。

有一年，父亲去上海出差，母亲随行，回来后给刚工作不久的大姐带来了一个惊喜——一块上海牌手表。手表亮闪闪的，让全家人跟着惦记、兴奋了好几天。不仅如此，从小学到高中，节衣缩食的母亲给我们订了《杂文报》《儿童文学》《大众电影》等报刊，这种精神的营养补给于我来说是终身受益的。我喜欢文学，离不开母亲从小对我的教育和熏陶。

我与母亲的因缘也非常地不可思议。我是个早产儿，我出生的那天晚上，小雪飘飞，天气寒冷，请不到接生婆，父亲在情急之中，拿起剪刀亲手剪断了我的脐带，使我顺利地来到这个世界。由于早产，体重还不足四斤，母亲便没日没夜地抱着弱小的我，不曾睡过一个安稳觉。

我是最令母亲操心的那个孩子，她为我的病弱不知流了多少泪。今天的我还能有一个看上去还不错的身体，是母亲多年细心调护的结果。那个年代，毫不夸张地说，经常是吃了上顿没下顿的，而我呢，每天都有一个鸡蛋吃——这是一家人省吃俭用后我独享的。

只是，母亲对我的这份养育之恩，我今生今世都没有机会报答了。

我的母亲是这个世界上无数平凡的母亲之一，也是这个世界上无数伟大的母亲之一。我愿意像她那样平凡而有尊严地活着。她贤淑、隐忍、传统，她热爱生活，有着强大的韧力、耐力和意志力，可偏偏老天不长眼，无情的病魔夺走了她年轻的生命，连告别都是那么的匆忙。

　　殡仪馆的气氛令人不寒而栗，抱着母亲渐趋冰冷的身躯，我号啕大哭，我别无选择。没想到生与死的距离可以那么近，也可以那么远，两天一夜，只陪了两天一夜，我们就永远地被隔在了世界的两端。

　　一九九三年三月十二日，植树节，母亲出殡的日子，来了许多亲朋好友，大家都是一边哭着一边絮叨着她的种种好处的。蓦然发觉，母亲的一生还是挺完美的，尽管她的人生之路并不漫长。

　　雨，绵绵不绝地下了两个多月，人仿佛被浸泡在了水缸里，心，更是湿漉漉的。

　　天上雨，心也雨。在这个特别湿润的日子，在这个滴雨的三月，想起我早逝的母亲，泪水再一次夺眶而出。是的，无论我们是否愿意，许多珍贵的东西一直都在跟我们告别，最美的年华，最初的遇见，最深的相知。

　　我深深地、深深地懂得了：所谓父女母子一场，只不过意味着，你和他的缘分就是今生今世不断地在目送他的背影渐行渐远。

　　我渐渐地、渐渐地明白了：有些路，只能一个人慢慢走过；有些事，只能一个人默默承受；有些情，只能一个人细细回味一辈子了。

故园遗韵

　　一晃来丽水工作十三个年头了。

　　每年暑假，都要带上冰儿去老家消夏，一来可以静下心来读点书，二来可以多陪陪家里的三个耄耋老人。

　　记得小时候暑假消夏最喜欢去的地方是大姐工作的大沙乡政府。依稀记得乡政府驻地四围除了田野便是漫山遍野的茶叶林，一畦畦，平整整，绿油油，悦目又赏心。乡政府办公大楼的后面有一个很大的菜园子，菜多，花多，果子也多，四季如春，蓊蓊郁郁的，透着几分野趣，几分自在。晚饭后喜欢跟着大人在一条坑坑洼洼凹凸不平的土泥路上散步，满目尽是绿色，心情也跟着绿起来。

　　嫁到周家是二十多年前的事了。住一套建于二十世纪八十年代中期的小楼房，两植四层，坐北朝南，凉爽倒是凉爽得很，可是，前前后后的房子，一幢挨着一幢，密密麻麻的，让人有种透不过气来的感觉。

　　我娘家在麻车头附近的广播站宿舍小院，两层的小楼房，家门正对着中山街，小院后面也有一个偌大的菜园子，前后宽敞通透。于是渴望拥有属于自己的房子、自己的天空。当我买了地皮建了新房，终于有了属于自己的新家时，却因工作之故调离龙泉——计划永远赶不上变化啊！

每次回老家，邻居的老人们有事没事总喜欢到我家来坐坐。我呢，则喜欢把家里的零食啊水果啊什么的拿出来跟老人们分享。没几年，对面老陈家夫妇都先后下世了，斜对面老李家当家的也往生了，记忆中她是弄堂里八个老人中最年轻的，比老李小十岁，而老李比我爸也小两三岁——二十世纪五十年代，他们是曾经的同事。

"这次回来怎么不见老李叔叔？"我问婆婆。"过年后就摔倒了，和你爸一样，也是骨头断了，还在医院里躺着呢，听说请了一个保姆照顾，一个月要三千六。"婆婆絮絮叨叨，而我已然听出了她的话外之音。是的，家有一老，如有一宝，老人健康长寿，是晚辈的福分。

弄堂的夜风吹过，带来柔柔的回声，散发淡淡的花香，仿佛孩提时代母亲的一个拥抱、一个亲吻，思绪一下飘到很远很远。

我回过神来，接过婆婆的话头："你们俩跟我去丽水住呗。"

"要是年轻十岁，是可以的。"

"明天我要回丽水了，你们两个少出去转悠，路上人多车多。人老了，禁不起几次摔的。"

我们婆媳有一茬没一茬地聊，感觉婆婆已没有前几年能说会道了，记忆力也不如从前了，毕竟，年岁不饶人啊！

婆婆出生于一九三二年，家境贫困之故，没上过学，个性又极强，凡事只要顺着她附和她便好，这是母亲去世后我坚守的原则。人生海海，相见无期。生有所爱，当不负所爱！

如今，大沙乡早已归市区管辖，后沙桥建成后，它离市政府只有十分钟的车程，老的乡政府也早已拆迁。故园荒芜，旧梦零落。我心依旧，归期几何！

庆幸家里的三个耄耋老人身体依然康健，让我有家可归，有梦可做。

前天我和老爸说，我要回丽水了，他很是不舍："这么赶紧？不是放假嘛！"清癯瘦削的脸上笼起一层轻烟薄雾，隐约的，哀怨的，似轻风，如细雨。我赶忙补充道："过几天又回来了，支部去庆元活动呢！"

"哦！"老爸点头，表示同意。

四目相对，一瞬间，李商隐的两句诗狠狠地掠上心头："夕阳无限好，只是近黄昏。"真是夕阳大好，无奈黄昏！

站在老爸卧室的窗台边举目远眺，四围山色葱郁，远山烟岚如黛。当年，我想把家里的房子卖了去买莱茵花园的套房居住，终因婆婆不同意，只好作罢。

如今，大姐和老爸先后都搬到莱茵花园居住，我回老家可以时常陪伴左右，这是命运也是最后的归宿：父母在，人生尚有来处；父母去，人生只剩归途。

白米饭、家常菜及其他

这个夏天多雨。

雨，洋洋洒洒地下了一个多月。午后晴了一会儿，傍晚又是滂沱大雨。

雨后的菜园，生机勃勃：绿油油的辣椒一串挨着一串，纤细的身影里，藏不住十八岁少女般袅娜的丰姿；西红柿也不甘示弱，一个劲地生长，一天一个样，红的绿的都好看；茄子倒是矜持，低垂着眉眼，躲在叶子底下，一言不发；南瓜硕大的叶子尽情铺陈开来，丰腴里裹不住舒展放浪的情思……

小小菜园，让人流连。观之赏之，满心欢喜。

这菜园，不止是追忆似水年华的引子啊！

小时候，家四围的菜园是我们小孩打闹的乐园，充满欢声笑语。小院里不多的绿地也是盎然生色：水井边的石榴树上长年长着红石榴，两株枇杷树亭亭如盖，几棵"天萝"（龙泉话，即丝瓜）沿着围墙悄悄生长，爬满一墙的黄色小花。"天萝蛋汤，两个娜妮都喜欢吃，我多烧点。"母亲一边炒菜，一边自言自语。灶台上雾气升腾，白茫茫里依稀可见熊熊的火光，映衬着母亲白皙透亮的脸庞，好看极了。

母亲炒的家常菜，每一盘都合我的口味，辣辣的，香香的，可以多吃下一碗饭。可是，那个年代啊，一顿吃两三碗香喷喷的白米饭，却是不可多得的奢侈的享受！餐桌上的菜，除了刚从田里摘来的时令蔬菜，有时还有品种、大小不一的鱼儿，那是父亲在家门口的小溪里捕捞上来的。现如今，物质极度丰裕，人们呢，早已不尚大鱼大肉，真是"酒肉岁月太匆匆"！

家常饭菜的精髓是朴素、简单、亲和，是一家人围着餐桌，说说笑笑。美味佳肴是一种人生，粗茶淡饭亦是一种人生。

不知是否因为年龄越来越大的缘故，现在的我，对美和幸福的感知力反而下降了。生活习惯也在慢慢改变之中。

以前的我，喜欢穿裙子和高跟鞋，而现在，最爱穿个平底鞋慢慢悠悠晃荡；以前的我，喜欢晴天，喜欢阳光，而人到中年，却慢慢开始喜欢雨天，没有飞扬的尘土，没有嘈杂的声音，感觉所有的东西都安静了下来，沉淀了下来，真好！于我而言，有一种人生享受，就是毫无功利地迷恋一个事物，欣赏它，呵护它，并与它一起度过美妙的余生时光。

"天萝"拂过衣袖，轻雨打湿诺言。庸常人生，长不过百。天道好还，世事无常。

匆匆忙忙间，母亲父亲都先后下世了。想起年少光景，满目秋意，满心荒寒。我知道，我心中向往的还是那旧日的慢时光：在大洋畈的田野里挖泥鳅、拾稻穗，在老车站宿舍后背山上摇板栗、捡树枝，在瓯江溪岸未经开垦的处女地翻野果、敲树皮……

夏天里，吃过晚饭天还亮着，小孩们大声叫喊着玩捉迷藏的游戏了，主妇们洗洗刷刷的才开始，围墙上的"天萝"悄悄里又长了一寸两寸，菜园里夏虫呢喃，伴着蛙鸣声声……

哦！我又回到童年的绿水青山了！

重阳节随想

岁月催人老，菊黄知重阳。

重阳节一过，父亲的生日就到了。辛丑年九月十四，是父亲九十一冥寿的日子。

往年，无论多忙，父亲过生日，我都要赶回老家和姐妹们一起为他老人家"做寿"的。

"做寿"是老家的旧俗，母亲在世时，即使再艰难，她都坚持为长辈"做寿"。老人开心，我们更开心。在孩子们的心里只有一个朴素的愿望，希冀一辈子操心劳碌的父亲能在世上多享些许美好时光，享受天伦之乐。

重阳节那天，站在父亲生前卧房的窗户边，我随手拍了几张照片。右前方"一号码头"新的小区正在热火朝天建设之中。可是，父亲再也不会知道了。

从父亲抽屉里翻出一本颇具年代感的书——《红岩》，纸页发黄，污渍点点，六个蓝色小字赫然入目——龙泉新华书店。二十世纪六十年代，父亲供职于新华书店，家里的藏书是他用不多的工资买的。六个小字，字字端庄工整，恰如他一板一眼固执倔强的性格。

小时候，父亲买了字帖，督促我练字，可我心神散漫，辜负了他的一片心意，也辜负了周家老屋那段艺海的流金岁月。

小时候，文静的我喜欢看书，父亲除了经常给我零花钱买书之外，还特意订了《语文报》《杂文报》《大众电影》等报刊供我阅读。

记得有一年冬天，天气出奇的冷，屋檐下一条条长短粗细不一的冰凌在白晃晃的日光里透着青光，让人愈发觉得清冷寒冽。听说龙泉新华书店在处理一批旧书，两折三折贱卖，父亲拿出他省吃俭用的积蓄，低声说："自己去挑吧，喜欢的话，就多买几本。"当我搬回一大摞名著，父亲的脸上泛起了笑容。这笑容，浅浅的，甜甜的，带着父亲特有的慈爱与温润，像春风般温暖，让人浑然忘却了寒冬的清冷。

就是这浅浅的笑容和一句鼓励的话语，让我在心中萌生了好好读书的念头。终没有辜负父亲的殷殷期望，我如愿考上大学，并选择了自己喜爱的汉语言文学专业。

按照老家乡间习俗，父亲去世后的这些年，逢年过节晚辈们都要去他的坟头祭拜。我们会烧些冥钱给他，带一点他喜欢的"老酒"，祭洒在他的坟头，并嘱他要好好的，不必惦记过多。

前年冬至日，姐妹们把母亲迁坟的事儿终于给办妥了。现在，父亲和母亲天天在一起，应该不再感到孤单了。七十多年的生死相依，七十多年的默契与共，终于再续前缘，彼此相守如初。想起这些，作为晚辈，该高兴才是，可是眼泪却不听使唤，簌簌、簌簌流下来，湿润了眼眶，湿透了双眼，湿滑了脸庞。

父亲过世后第二年的五一劳动节，老家的祖宅被拆迁了，姐妹们相约去剑池街道签字办手续。站在祖宅前，莫名的感伤。

那，是生他养他的家园啊！

那，又可曾是我记忆中的故乡？

物非，人去。思念，却悄然而至！

重阳节，写几行字，以此纪念父亲也祭奠永远回不去的旧时光。

老爸的瞎话

"孩儿立志出乡关，学不成名誓不还。埋骨何须桑梓地，人生无处不青山。"今天是毛泽东诞辰一百二十三周年纪念日。这首《呈父亲》是毛主席十七岁外出求学时在他父亲账本上题的诗词，小小年纪就写得如此大气磅礴，卓越不凡，堪称绝品。

在我的印象里，老爸是"毛迷"，他的每一本笔记上都写着毛主席语录。昨天我和老爸说元旦我去杭州看冰儿，不回龙泉了。他慢悠悠地接口，说一九五一年，他在杭州学习四十天，天天学毛选，还逛西湖，还拍照留念……

神志不清的老爸说起往事，混沌迷茫的眼神一下变得清晰坚定，挺直腰杆，坐得端正无比，依稀可见当年帅气清秀的模样。老爸的隐忍、淡定和坚强是值得晚辈学习的。

记得外婆在世的时候经常和我说，第一次见到我爸，她就喜欢上了，就把她唯一的女儿我的母亲许配给了这个有着浓密头发、高挑身材，不苟言笑的帅小伙。哈哈，原来，我亲爱的外婆是以貌取人的。

我笑着问老爸："我妈怎么就看上你啦？你们俩是怎么认识的呀？"话一出口，自觉甚为不妥，老爸却不以为然，喃喃地说："是别人介绍的，"我看到他混沌迷茫的眼里泛起的柔和，一脸的慈祥，"原来家里是有跟一个地主的女儿定亲的，童养媳，名儿叫叶某某，现在还经常来吵。有一天，来了一千多人，敲敲打打，把门都敲破了，把我的全部积蓄都抢走了……"我猜，父亲许是梦里见到了这个无缘人。花时已逝，梦里多愁，若知是梦，何须再忆！

我强忍心中的悲痛，紧紧地握住了父亲的手："爸，你要好好活着，让我每周回来有个念想，多好！"我知道，这样的话是起不了多大作用的。这两年，爸老暮得厉害，身体一年不如一年，特别是近两个月，神志忽清忽迷，先是告诉我说家里发大水了，出不了门了，想去菜市场买点好吃的。而后又说，家里的祖宅被拆迁了，他无家可归了。

他盼我回家东一句西一句小声说些家常体己话。这一次，他把珍藏心底那么多年的话都翻了出来，难道是有什么预感？我央求老爸把他的照片和笔记本给我珍藏，爸不住地点头。我泪眼婆娑。

老爸年轻时拍的黑白照片我是真喜欢，百看不厌。照片上的他，长得英俊极了，身材笔挺，满头黑发，一双眼睛炯炯有神，就连一身粗布中山装也能穿出一派潇洒的风范。老爸的字我也喜欢，一笔一画都那么工整。小时候，爸买来字帖督促我临帖练字，可惜我心神散漫，心有旁骛，辜负了老爸的一片心意，也辜负了周家老屋那段艺海的流金岁月，悔之晚矣！

我翻开老爸日记本的首页，问他是什么时候写的，他说差不多是一九六二年。那一年，他刚调到新华书店开始新的工作。几行娟秀小字赫然入目："读毛主席的书，听毛主席的话，按毛主席的指示办事。"

我想大声告诉老爸，今天是毛主席一百二十三周年诞辰，话到嘴边又咽了回去。我又看到老爸眼里泛起的那层柔光了，心中一阵悲凉。

记得爸爸的话

老爸住院，从511病房到动手术后移至515病房，病友来了去，去了来，来来去去中，演绎着多少悲欢离合。

小小病房，大大世界；悲喜人生，应有尽有；世间百态，尽收眼底。

病友甲，郑氏，龙泉市锦旗镇人，年仅四十二岁，是老爸病友中最年轻的。他是正月初三龙泉"宝马车车祸"事件的主角之一。当时的情景还历历在目，一死三生的惨剧说得头头是道。命悬一线，死里逃生，对人生似乎有了更多的感慨感悟。但单凭他把唯一的女儿送到诸暨中学读书这一点，想必不会如他所说的那样，放浪形骸于山水间，什么事情都已无所谓了。

"周老师，你信命吗？"认识他的第三天，他很认真地歪着头看着我问。

我不知该如何回答比较讨他的欢喜，想起《祝福》中的情节，便支支吾吾地说："信则有，不信则无……也不必，实在不必太信的……事在人为哈！"

甲是个有心人，善于察言观色。有一天，他突然微笑着跟我说："我看你爸最听你的话了，到底是老师哈！"

他许是看到原来打死都不肯动手术的我倔强的老爸，在我的劝说下终于答应了，于是便这样妄加揣测。老爸动手术的前一天，我们姐妹在病房里为他剃胡子，擦身子，洗脚丫子……甲偷偷地拍我们。为了把他拍的照片传给我，我们成了微友。

昨天早上我在高三（11）班上课，甲来电告诉说病房中和我爸同岁的那个晚上睡不着觉的老人刚刚走了。害得我以为我爸出什么事了，火急火燎地接起电话。

病友乙，杨氏，塔石乡人，九十四岁，是老爸病友中最年长的。听说他是去田里干活，不慎骨折的。老人育有三儿三女，两个儿子已先他而去。经历过两次白发人送黑发人的痛苦经历，想必内心是极度坚强的。却不料，老人手术后，除了睡，就是哭，嘴里反反复复地叫喊："命真苦啊——命真苦啊！痛死了——痛死了！"三个女儿轮番照顾，老人的后背却不知什么原因溃烂了，骂女儿，也骂护士。

病友丙（女），无名氏，龙泉市区人，八十八岁。老人满头银发，漂亮极了，白里透着亮光。老人不会生育，有养女一个。也许脑萎缩严重，抑或得了老年痴呆症什么的，每次只要我一进病房，就把我当成她家的亲戚，反复地问我："你是叶芳哈？""你吃什么东西啊？"

我明明没有吃东西。

"阿姨想吃什么？我帮你去买吧！"

"我不想吃。"老人转身，自顾自走开了。满头的银发和精瘦硬朗的身板，总是让我浮想联翩：老人年轻时一定是个大美女吧？

老人的养女是个乐天派，四十多岁，未婚。因为工作忙，为老人请了护工，一百二十元一天。在护工的照顾下，老人恢复得也快，没几天就可以出院了。出院那天，听她女儿说，老人住院开刀，用了四万多元钱，农保报销了一半，低保又报销了一半中的一半，只要出九千多元钱就可以了，负担轻多了。

真替这母女俩高兴，大家都不容易啊！

病友们大都比较闹腾，病房总是嘈嘈杂杂的，但也充满温馨与温情。我的老爸性格内向，凡事隐忍，即使身体疼痛得厉害，他也忍着，不愿表露出来。除了每天常规的护理之外，我的一项特别重要的工作就是和老爸多说些话，做一些心理引导之类的事情。

爸说："我就怕摔！偏偏不小心又摔了。"话里带着自责，我则听出了伤感。

"嗯！下次再也不能摔了，八十六岁，禁不起摔的，咱们请个保姆吧，时刻有人照顾着，多好！"

"保姆请来干什么？我会照顾好自己的！你放心！"老爸一口回绝了我。这个倔老头，我也拿他没办法。

席慕蓉说，在这人世间，有些路是非要单独一个人去面对的，单独一个人去跋涉的。路再长再远，夜再黑再暗，也得独自默默地走下去。

可怜的老爸，你总是替孩子们着想，却不爱惜自己的身体。半夜一个翻身摔到地上，断了骨头，起不来，熬到天亮才打电话告知；怕影响我工作，周末才让小妹告诉我实情；忍着巨大的疼痛，不肯住院，怕给孩子们添麻烦；见到我，第一时间想的是我出差的事。

老爸，对不起！我回家告诉你四月中旬的杭州上海学习考察之行，是想分享我的快乐，让你开心，不想却成了你的负担，病中还惦记我的那点小事。

爸说，不要因为他的一点伤痛就轻易放弃学习的机会。

嗯，不轻言放弃！老爸，我记得你的话。

父亲的坚守

清明时节雨纷纷，路上行人欲断魂。

今年的清明节，不同于往常，艳阳高照，热浪滚滚，最高气温超过了 35 摄氏度。

"高三党"，清明只有短短的两天假，回老家虽然匆忙了点，收获还是有的。

其一，去母亲和奶奶的坟头祭扫，献上黄菊，许下心愿，寄托哀思。

其二，买了好多食品，大包小包拎着，专程去看望了八十八岁高龄的大姑。

大姑右腿骨折后一直躺在床上下不了地，看到我们姐妹，十分开心，想要支撑坐起，显出努力的样子。病中的她说起话来苍白乏力："买这么多的东西，我也吃不去，浪费了可惜！"听得我心痛不已也懊悔不已。"听说你爸也摔倒了，严重不严重？我脚痛，不能去看他……"听着伤感。悄悄走出大姑的房间，泪水早已模糊了我的双眼。

其三，照顾手术后康复中的老爸，陪他唠嗑，扶他走路，为他剪发。第一次当理发师，亲手给老爸理了个新发型，酷酷的，得到大家一致的点赞。能令挑剔的父亲满意，倒是出乎我的意料。老人病后，听话了许多，也是事实。

匆匆两三年，父亲的身体已大不如从前。岁数越大，越舍不得陈旧记忆中的残垣断壁了。而我，只想抓住他生命的最后时光，好好地陪陪他。听到电视里传来李谷一婉转动听的歌声，我找到了话头，对着老爸高声说："李谷一老师还是这么年轻，没怎么变哈。"

"八十年代，李谷一的唱片卖得最好，超过了苏小明、沈小岑、关牧村、殷秀梅……"用今天的话说，爸是李谷一的铁杆"粉丝"，那个年代的人都是。

病后的老爸身体虚弱，说话有一句没一句，东一句西一句的："那个时候，我去杭州采购电视机……无论黑白的，还是彩色的，都有回扣，可我不能要，一分钱都不能要……领导说了，要让一部分人先富起来……"兴致好的时候，不善言辞的父亲就像一个演说家，回想往事，口若悬河，滔滔不绝。东拉西扯的话题，大多是我读书求学年代的一些旧人美事，残山剩水的记忆零零星星都那么温馨、那么美好。我呢，也乐于陪他回忆过往。那里，埋葬了他的青春，也书写着他的辉煌。心灵的花草时时弥漫清香，生命的泉水永远涤荡澄澈。

二十世纪八十年代，小小的龙泉县广播站只有十来个职员，从采购到保管到销售，都是爸一人在做。那个时候，他出差去杭州一般都是三天就打道回府的，而来回坐车就要整整两天的时间。百忙中，爸每次都带杭州的糕点回来，兄弟姐妹人手一份。那个物资贫乏的年代，我们盼着爸爸出差，惦记的，实是他带回来的美味小吃。

蓦然发觉，在老爸的内心深处，有一份操守，是永远值得我学习的。

又见父亲笑

清晨醒来，梦见我亲爱的父亲。

又看见了，父亲，你那淡淡的笑。

又一个父亲节如约而至。可是，父亲已不在了。走着走着，就散了。

记忆中每一个侍药、添食、理发、刮胡、牵手的温馨，都鲜活无比，深藏心底，暖暖的，柔柔的。记忆里林林总总的碎片，会在梦里组合，幻化成篇，携着音乐，伴着风儿，温暖着，美丽着。

人，总有驾鹤远游的一天。父亲，您和母亲终于相见。

父亲，从此，你不住在节日里，你住在我的梦境里，住在长长的思念里，住在世界的每一个角落里。

犹记那一天，二〇一七年四月二十七日，父亲走了，我泪流满面。抱着父亲冰冷的身躯，我嚎啕大哭，情不能自已。虽然，知道这一天迟早都要到来。可是，我真的不愿它这么快就到来。和父亲告别，我一直都没能做好准备。

我只想每个周末或节假日，回龙泉老家有个念想；我只想陪我亲爱的老父亲，多说一会儿话，多看一期《海峡两岸》。我的每一点每一滴的进步，父亲都牢记在心。我知道，这是父亲最在意的，这也是我努力工作、幸福生活的要义所在。

子欲养而亲不待！

此刻，我早已泪流满面，我真想放声大哭。

犹记那一天，二〇一五年四月二十七日，父亲不小心从床上掉到地上，骨头断了好几根，他怕惊扰到孩子们，一个电话也不打，忍痛熬到第二天天亮，而手机就静静地躺在他的床头，默默地陪伴着他。

手术后的父亲，不能下地走路了，他出不了门了。

于是，我学起了理发，也是生平第一次给父亲洗了头洗了澡。

在接下来整整两年的时间里，父亲只认定我给他理发。

我知道，他只是想用这种方式让远行的女儿多多回家陪他。

每一次，回老家推开家门，都能看见父亲心满意足的微笑，淡淡的。

每一次，和父亲闲聊，都能感受到他在生命最后时光里的安乐，暖暖的。

每一次，为父亲洗头洗澡，都能体会到一个人生命回到原点的简单与本真。

今天，父亲节，我多想为我亲爱的老父亲再理一次发再洗一次澡。

可是，父亲真的已不在了。人已去，楼已空！

犹记那一天，母亲悄悄和我说，以后若是她先走一步，要孝顺父亲。是的，听母亲讲过无数次，若没有父亲，早产的我恐怕没有机缘领略这个世界的精彩。

是父亲，果断剪了脐带，迎接了一缕新红的太阳来到这温暖的人世间。

是父亲，从小教育我，要与人为善，与世界交好，宠辱不惊。

是父亲，让我在充满爱和诗意的环境里，自由成长，微风不扰。

我爱我的父亲！这种爱，我无法用语言来表达。这种爱，是刻骨铭心的爱，是与生俱来的爱，是永不消逝的爱。

父亲，又看见你的微笑了，淡淡的，暖暖的，真美！

父亲，天堂安好！

怀念我的两个老父亲

　　二〇二二年四月二十七日，父亲五周年忌日，我从电脑里翻出一篇小文《我的两个老父亲》。

　　此文写于二〇一六年父亲节，首发在我自己主编的校刊上。

　　那个时候，我的两个老父亲都还健在，每次回老家有念想、有期待，更有满满的幸福。幸福难道不是一家人在一起吃很多很多顿饭吗？

　　五年了，我依然沉浸在父亲洋溢幸福的微笑里出不来，依然留恋那特有的属于我们父女的宝贵时空而不愿走出来。

　　我的两个老父亲：周根森，周怀善，一九三〇年生人。一样的年龄，一样的善良，一样的隐忍。二十世纪五十年代，他们俩均供职于城郊区委，是曾经的同事。

　　离开城郊区委，父亲先后工作过的单位有文教局、革委会、新华书店、广播站、广播电视局。刚参加工作不久，父亲就被县委组织部派往杭州参加了为期四个月的革命大学的学习。"革大一起学习的老同志都走得差不多了。"老人曾不无伤感地告诉我，眼里流露出淡淡的不舍，端茶水的手微微颤抖着。上一辈人的同事因缘都深厚，都雅致，即使在一起学习只有四个月，回忆起往事也充满了浓情蜜意。

父亲在广电局工作的时间最长，可以说，他把一生的大部分时光都献给了龙泉的广播电视事业。想来，父亲比我这个一辈子只从事一项工作的人要幸福得多。

而我，能以一个语文老师的身份谋得安身立命的一份差事，平时偶有所得写下的随笔也经常在省市刊物发表，全得益于父亲从小对我的熏陶和教育。那时候的家庭生活真是捉襟见肘啊！可就在这样的艰难生活中，不吝啬给我零花钱买书的人是他，毅然预订了全年《语文报》《杂文报》《大众电影》等报刊的人也是他。

经典的力量是巨大的，是书籍让我在日复一日的平淡生活中得到了超脱日常琐碎之上无形的东西，让我无论遭遇何种境遇都能心底平静，微风不扰。

随着年龄的增长，我越来越深刻地感受到有爱的家庭环境对一个人的健康成长是多么的重要，越来越感激父亲从小为我营造了充满爱意和善意的生活环境。这些都是让我终身受益的。

二〇二二年四月八日，我亲爱的公公也驾鹤西去了。当时，我正好参加市里的两会，且因疫情封城之故，未得与老人见最后一面，甚为遗憾！正如小女冰儿所说，未能见面，却已是永远不见。

听冰爸说，冰儿拉着爷爷的手哭得很伤心："爷爷走了，我没有爷爷啦，我没有爷爷啦……"这，何尝不是我的心声？可人世间，所有的相聚都指向别离啊！人这一生，有多少的遇见，就要经历多少的分别。

比起父亲，公公的工作经历要更为复杂一些。在这个一九五三年就入党的老党员身上，我看到了许多闪光的品质，比如忍辱负重，比如坚韧不拔，比如豁达大度。老人一系列回忆性的文章被龙泉市党史办和政协录用，不仅领到了颇丰的稿费，精神上更是得到了莫大的享受。

在公公去世的这二十天时间里，我几次动笔想写点文字，却又几次搁笔。相处的点点滴滴实在太多太多，我无从下笔，我的思绪繁杂凌乱。记得去年暑假，老人曾亲口跟我说，要加强锻炼，好好活着，不给子女添麻烦。老人还说，现在生活条件这么好，要活过一百岁。话语犹在耳边，却已天人永隔。

我的两个老父亲，都在四月里往生，这也许只是一个巧合。可是，这几年，我越发相信，许多事情老天自有安排，正如"人在做，天在看"的古训所言。两个老人都长寿，走得也都安详、安乐、安宁，算是聊以欣慰的事了。

在我写作本文时，收到了王品武叔叔的一则短消息。王叔和我的两个老父亲都是曾经的同事："大舟，四月十号以后我一连发给你爸六七条微信，就是看不到回音，原来是永别了。我们是志同道合的老同志，实在难分难舍。噩耗传来，万分悲痛，愿逝者一路走好，老伴和子女们节哀，多多保重！"

想起历历往事，如在昨日，不禁潸然泪下。

女儿会想你的，永远爱你，我的老父亲！

生命如河　思念如水

一场透雨，下得真好，不迟不早，在大姑出殡前一天的夜晚。

清脆的雨声，划破了夜晚的天空，徒增悲伤的气息，最妙的是，空气里弥漫着久违了的清新的味道，丝丝入骨。

清晨，雨后的山城安逸在睡梦里。我们一行十九人去瓯江买水（俗称"买风水"）。从大姑住了一辈子的集贤亭穿过兰桂坊，转角到东后街再到东街，眼前就是瓯江了。老旧的古埠头，潮润，湿滑，长满了绿油油的青苔和一些不知名的水草。

这里，有我美好的童年记忆。这记忆，那么近，却又遥远得触不可及。

大雨滂沱后的瓯江，水汩汩而来，略显浑浊。一个红衣女子，动作麻利地在江边洗衣服，对我们的到来视而不见，那么专注，那么认真，仿佛周遭的一切都与她无关。

时间就在那一刻，停滞不前。

大姑的邻居们说，老天真是颇通人性，为我晚年日益孤单的大姑去世而泪流不止。想起多年前的一个清明节。清晨，也是一场透雨，把我从梦中惊醒。噼里啪啦的大雨，倾城而下。思念，像一条毒蛇，肆意攀爬，噬虐着我的魂灵，清晰，深刻，无所不在。

它是在提醒我，不能遗忘，这刻骨铭心的伤痛。

有时候我也想，死亡，也许就是解脱，比如我的大姑，去了天堂，比一个人孤零零地存在于这个世界，忍受病痛的折磨，也许，更好。在这个世界上，有谁能够慰藉她孤独寂寞的心灵？

接到小妹的信息，说大姑走了，是前天中午。我在高三（12）班监考，背对着奋笔疾书的学生，泪水止不住地流下来。擦干泪水，故作坚强，往事一幕一幕在脑海里跳跃、翻滚。没料到会如此之快，只一个多月不见，大姑就走了，永永远远地走了。

从此，阴阳相隔，生死茫茫；从此，刻骨铭心的思念，便没有了尽头，像蛮荒野草般疯长，也像汩汩的瓯江水，饱满而绵长。

邻居们还说，我亲爱的大姑，什么都好，就是没有女儿不好。人生，总有遗憾！而这分明是在提醒我，在父亲有生之年，多多回家，好好陪伴。

母亲节就要来临，给天下所有的母亲以亲切的微笑，以温暖的拥抱，以心灵的慰藉，好吗？

送一瓣心香，母亲安息！

点一炷心香，大姑走好！

星光

　　我的外婆，带着千千愁结，带着万般不舍，离开她所牵挂的人已整整二十一个年头了。

　　岁月无情，人生似露。如果外婆还健在，该有一百一十岁了吧？

　　在我的记忆里，外婆的一生是极其操劳的一生。她留在我记忆中的日常琐碎就像点点星光，时刻陪伴并照耀着我的人生之路。

　　有时候，我常常觉得，人的生命像极了一条河流，但对于很多人来说，他们的一生又都缺少河水的滋润。正如我的外婆，那种流动的、能够在人生的路途上汩汩脆响的声音，始终离她太远。她的一生尽量符合着河流的形状，而最终却只是一架干枯的河床。

　　我这样形容我的外婆，不知道她会不会责怪我。也许不会，因为，她一直最疼爱我，也最信任我。外婆大字不识几个，没什么文化。她的后半生信仰佛教，并将她的信仰供于案头，每天顶礼膜拜。她甚至觉得，我能够考上大学，是佛保佑庇护的结果。现在的我已无从知晓，这么多年来佛有没有告诉过她，她的生命一直都在遥远的河流对岸，等待着被摆渡或者被救赎。

　　关于外婆的传奇经历，我知之甚少，只是零星地听母亲说起过。外婆十三岁就到外公家当了童养媳，两人一起风风雨雨走过了七十五年的时光。最辉煌鼎盛时，他们创下的家业有良田几十亩，房子七八植（在当年最繁华的西街上）。

最为奇特且让人不解的是，二〇〇〇年三月，在我的外公去世后没两天，外婆居然也莫名其妙地跟着一起走了，事先一点征兆也没有。七十五年的物换星移，七十五年的沧海桑田，七十五年的天翻地覆，终敌不过老夫老妻牵手走进"天堂口"的那一瞬间啊！

人生，本就是一场旅行，夫妻一场，情再深，意再浓，走到头，终为空。只是，在晚辈的心中，却有千般不舍万般无奈。

小时候我没有读懂过外婆，还经常怪她不陪我玩儿。记忆中最开心的事就是，每当外婆干完活回家，总要给我们兄妹几个带回一些好吃的零食，麻花啊油绳啊，姜糖啊豆腐脑啊，最诱人的美食当数西街头那个老人做的黄油油、金灿灿的"蛋饼"，每当想起，依然口舌生津，回味无穷。

因为有外婆，我的童年是幸福的。真的，要不是外婆把她位于西街的两植房子给我们一家七口居住，我的童年生活不知要黯淡多少。我在龙泉中学求学的那六年，家境捉襟见肘，可我并不缺零花钱用，是外婆，经常把钱悄悄塞在我的衣服口袋里。在她的晚年，我和小妹经常满大街满世界去寻找她还能咽得下的食品，算是尽了晚辈的一点孝心。信佛的外婆最相信"前因后果"之说了，她时常教导我们，要做一个善良的人，做一个诚实的人，做一个对社会有用的人。

一九八九年六月底，我大学毕业回老家。一天傍晚，外婆把我叫到她昏暗的小卧室里，从柜子的最底层拿出一个非常精致的盒子，慢慢地从盒子里拿出一对金耳环，轻声细语地说："这个给你，带上吧！"我笑着推开了："外婆，你知道我不喜欢戴首饰的呀，你自己留着吧。"外婆瞪大了眼睛，不解地看着我："现在工作了，可以戴首饰了。女人，就是要把自己打扮得漂漂亮亮的。"说完，硬是把耳环塞到我的手心，然后用两只手，一下一上地握住我的手，目不转睛地看着我。那眼神，清澈极了，慈爱极了。

外婆健在的日子，为了讨她老人家欢心，我天天戴着金耳环，不怕别人笑我"老土"。如今，人去楼空，物是人非，我把耳环轻轻取下，小心翼翼地包好，收藏在柜子里，珍藏了一份甜美、温暖的记忆。

外婆一辈子都没穿过像样的衣服。在我的印象中，永远是一身洗得发白的粗布蓝大褂和直筒大脚裤。其实，外婆是个一辈子爱美、爱首饰的女人，她就是节俭，舍不得在自己身上花钱。听邻居们说，外婆年轻时可是龙泉西街的大美女。

是啊，我亲爱的外婆，她是一个多么爱美的女人啊！经常一边对着老旧的梳妆镜涂脂抹粉，打扮自己，一边轻声细语自言自语："女人，就是要把自己打扮得漂漂亮亮的。"

长大后，我也没能读懂外婆。对我来说，外婆始终是一个"谜"。

我是在她唯一的女儿——我的母亲去世后，才更加关心她的。我会陪她逛街，一路牵着她瘦弱却温暖的手，不忍放开；我会听她絮絮叨叨，表现出一副专注听讲的样子；我会陪她一起吃她烧的难以下咽的晚饭，嘴上却说"真好吃！真好吃！"；我会把面包撕成一条一条，在牛奶里浸泡一会儿，然后塞到她的嘴里，等着她慢慢嚼慢慢咽；我会抽空坐下来，听她讲讲过去的事情，听她诉说心中的苦楚，一次次为她人到老境后日益增多的孤独和寂寞寻找排遣的机会，说到伤心处，我会陪着她一起流泪，特别是说到我因病早逝的母亲，我的泪水就会止不住地流下来。

外婆，是时间长河中永远不眠的星光！

我愿意在她的照耀下，一路前行，一路欢歌，哪怕微如尘埃，也要用心生活，折射星光。

伤逝

　　学生小华送了两本《青玉案》给我，一本放在学校，一本放在案头。董桥的文字，干净利落，情深意重，喜欢至极。董老回忆，小时候家里大人带他去一家破庙探望一位江浙老和尚，老和尚摸着他的头说："十七岁出外漂泊，二十三岁与字与书结缘，一生不渝，旁的枝枝叶叶尽是造化，不必多说。"

　　机缘巧合，我年少时，不期然也遇一算命先生——一个看着我家门敞开着便进来跟我母亲要点茶水喝的老人。咕咚咕咚，一口气喝完一大碗茶水后，老人目不转睛地看着我，然后转头对我母亲说："你的娜妮（龙泉话，女儿之意）面相好，一脸的清纯，要中状元，一生与书结缘，有贵人相助。"我那淳朴的母亲听着既将信将疑又半信半疑，或者说她更愿意深信不疑，于是和老人拉起家常，不谙世事的我则在一旁想：怎么说的都是一些虚话好话？太不靠谱了吧！

　　母亲在世时常常提及此事，大概是对我寄予厚望。却不料，我这一生真的与书结缘，真的考上了大学，命里还真的多贵人。高攀的前辈实在太多，郑邦杰老师就是其中德高望重的一位。

　　那是一九八九年秋天一个凉爽的午后，我因公事去教育局教研室找郑老师，当时他是龙泉市教育局的语文教研员。没有见面之前，就听老爸说，郑老师是他曾经的同事，五十年代他们供职于县文教局。带着一份期望，我轻轻地走进二楼办公室："请问，郑老师在吗？""我就是！"声音洪亮且磁性十足。

只见眼前的这位老人，瘦高个子，满头银发，精神矍铄，真是比我家老爸还帅啊！这样想着，话匣子已然打开，两人居然一见如故。我自报家门，听说是广播电视局老周的女儿，更是没有了丝毫的违和感。听说我也喜欢作文，郑老师便把他桌上《幼林》报的样刊递给我，说："你帮忙好好看看，这几天我事儿特别多。"

依稀记得当时我毫不犹豫地就答应了，坐在一旁开始认认真真地欣赏美文。约莫花了一个多小时的时间，就把一张报纸全部校对完了。有趣的是，居然还得到了郑老师的赞扬，之后，他便把每一期的《幼林》交予我。我乐于得到这样一份美差，开心得到这样一份信任：郑老师不但洞晓我的偏爱，还要成全我的爱好啊！

现在想来，这三十多年间，我一直在做编辑校对工作，也许跟当初郑老师的信任有莫大关系吧！可惜的是，只一年多的时间，郑老师就到了退休年龄，接替他教研员工作的是年轻貌美、多才多艺的吴丹青老师。

退休后的郑老师，也许很少出门，反正很少碰到。记得有一次在新华书店门口遇见，看起来比原来憔悴了不少，背也微微地驼了。彼此寒暄，说的尽是些无关紧要的事儿，但郑老师还是一如既往地关心我的语文教学工作，问这问那，问长问短，当得知丹青也很关心我并经常带着我外出听课学习时，不断地点头："那我就放心了，那我就放心了。"那个年代的人都这样，视工作如生命。

有一天，突然接到徐校长的电话，说郑老师因病去世了，约我一起去殡仪馆送他老人家最后一程。这突如其来的噩耗，简直让人难以置信！急急忙忙赶到殡仪馆，对着老人的遗体，想起人生苦短世事无常，眼泪竟不听话地在眼眶里打转，想起龙应台的《目送》，再一次深刻体会岁月的无情、人生的无奈、死亡的无常。是的，你和他的缘分就是今生今世不断地在目送他的背影渐行渐远。

　　今天，再一次想起往事，情不能自已，泪水竟控制不住地沿着双颊流下来。世道莽苍，俗情如梦。回想往昔老父说过的话，不禁悲从中来，感慨系之。

　　是的，郑老师是我的前辈，和我算是忘年交。许多生命中的贵人，不是问候少了，就是离我们而去了，伤逝之思越发浓重。这篇小品不是悼文，但以此纪念给我慷慨教诲、深度信任，值得我尊敬学习的郑邦杰老师。

语 丝

　　无端一夜空阶雨，滴破万里念人心。

　　距离刘国安先生去世差不多有一个多星期了吧？是的，确然是的！一直想写点东西，思绪却有点凌乱有些茫然。今天，适逢清明节，是该坐下来写点文字了。

　　早起，翻阅刘先生的三本书《同舟论稿》《同心论存》《同行论谈》和《丽水民盟》盟刊，刘先生的音容笑貌如在眼前，刘先生笃定坚毅的话语萦绕耳畔："我希望我们一起共同追随前辈的足迹，以学者的责任、智者的开拓、勇者的担当，秉承民盟奔走国是、关注民生的优良传统。"

　　可是，岁月无情，斯人已逝。六十七年的人生历程，永远定格在了这一天——二〇二〇年三月二十四日，刘先生去了一处安宁的居所，那里芳草鲜美，那里天空亮丽，那里是图书馆的模样——噩耗传来，时空错乱，眼泪忍不住簌簌流下来。

　　依稀记得第一次见先生是我刚入民盟不久，二〇〇九年暑假，汤家友副主委来电通知我去参加民盟丽水市委会组织的一个座谈会。在这个关于提高丽水市教师队伍建设的专题研讨会上，我有幸聆听了刘主委掷地有声的发言，醍醐灌顶，茅塞顿开，刘主委敏锐的洞察力和条理清晰的阐释给我留下了深刻的印象。

　　因为参与编辑盟刊之故，和刘主委的交往也多了起来。《绿草芳菲》是文艺性的专栏，给喜欢散文与诗歌创作的我提供了很好的平台。记得多年前，我去市里参加一个会议，遇见刘主委，谈起《丽水民盟》，他轻声和我说："新红，你发表在《丽水民盟》上的每一篇文章我都读了，有情怀，也很有思想……"能得刘主委如此高的评价，我受宠若惊，更忐忑不安，唯有更加努力，才不辜负领导的厚爱啊！我编辑《丽水民盟》十年，最大的收获是刘主委带给我的，不止学风文风，更有人格的魅力和精神的指引。品读刘主委的文章，每有所得；聆听长辈的教诲，如沐春风。

怎能忘记！二〇一〇年六月二十八日，在民盟丽水二中支部成立大会上，刘主委亲自到会祝贺，并寄予殷切期望："我担任民盟丽水市委会主委一职已经八年了，这是我第一次参加单位支部的成立仪式。二中支部的成立标志着二中民盟站在了一个新的起点上……"刘主委就如何建设"活力支部"给我们提了三点要求，使与会盟员备受鼓舞。支部成立十年来，六次获得丽水市"先进支部"的殊荣，彰显了二中民盟人的风采。

怎能忘记！二〇一六年八月，在民盟丽水市第四次代表大会上，由于任期与年龄的关系，刘国安主委要在换届中退下来了。记得当时的决议是我宣读的，当读到这一段落时，我哽咽了。"人事有代谢，往来成古今。"这个自然法则，谁也无法抗拒啊！

刘主委退二线之后，我们很少见面。转眼间，刘先生不在了。刘先生笔下的《走进美国》《以文化眼看美国》《流年碎影》及"同心同行"系列丛书还在，人的自然生命是短暂的，但学术生命和思想精神将是永远的绿水青山！

依稀听到刘先生笃定坚毅的话语，不必悲伤，不要惊讶！

刘国安先生永垂不朽！

追忆似水年华

那个时候，天特别蓝。我们会结伴躺在草地上沐浴阳光，悠闲地打发午后静谧慵懒的时光。拔几根干草嚼嚼，舌尖上满是阳光的味道，它的养分、它的气息、它的滋味，和着泥土的芬芳在心田飒飒作响，犹如一支"田园交响曲"，缓缓而至，又渐行渐远。风里带着湿湿的潮水的咸味，带着暖暖的花儿的甜味，带着涩涩的柠檬的酸味……

那个时候，山特别绿。我们喜欢在长长的暑假里相约去爬爬山，欣赏欣赏美景。累了，就肆无忌惮地坐在冰凉的石头上，说说笑笑，打打闹闹，惬意地打发属于自己的快乐时光。夏日阳光下的蜜蜂和蝴蝶，在赤裸裸的大自然里自由自在地飞舞着，追逐着，招摇着，让人沉浸在无休止的梦幻中，如痴如醉。风里带着湿湿的潮水的咸味，带着暖暖的花儿的甜味，带着涩涩的柠檬的酸味……

那个时候，男女同桌，女孩私下里悄悄画个三八线，心中却藏个小秘密。

那个时候，孩子们玩得最多的游戏是踢毽子、跳房子、滚铁环、掰手腕、老鹰捉小鸡，哪怕独自发呆一个早上，也其乐无穷。

那个时候，冬日里不期而遇的一场大雪，会让学校临时放半天假，小伙伴们欢呼雀跃，尽情地在操场上打雪仗，堆雪人。

那个时候，校园生活是一种熏陶，没有那么多的功利与折磨，小小书包，大大梦想！

那个时候，一支粉笔、一块黑板、一本教科书，让我们徜徉在语文的春天里，乐不知返，心旷神怡！

那个时候，书籍是一种特权，阅读是一种特权，悄悄珍藏一本世界名著，偷偷躲在被窝里翻看，直到天空泛起鱼肚白。

那个时候，黑白电视机里播放的是《血凝》《上海滩》《排球女将》《射雕英雄传》……主人公跌宕起伏的命运和惊心动魄的爱情故事，成为人们茶余饭后津津乐道的谈资。

那个时候，外面的世界没有那么多诱惑，能在炊烟袅袅升起的黄昏伴着金色夕阳，踩着自行车逛遍小山城是我最大的梦想。

那个时候，虽然物资极度匮乏，可力气无限，好奇心无限，想象力无限，人们就像一张拉开的满满的弓，蓄势待发，期待有一天可以自由飞翔。心有多大，舞台就有多大！

那个时候，非常喜欢美国作家约翰·布莱德列说的一句话，把它工工整整地抄在心爱的笔记本上："过去是一家银行，我们将最可贵的财产——记忆——珍藏其中。记忆赐予我们生命的意义和深度。"

记忆赐予我们生命的意义和深度，多美啊！

在记忆的长河里，我愿意是一朵浪花，拍打沿岸的风景，一路欢歌，一生前行。

读书行走

花开春暖

读大学那两年，教授古代文学的金子湘老师，让同学们背诵《离骚》。如果是在他规定的时间里背诵出来，期末考试成绩可以加十分，好诱人！

于是，就有和我一样的同学，每天天蒙蒙亮就起床专心致志地背诵了。

离开大学校园走上工作岗位，我也喜欢让同学们背诵古诗词。一日一诗，利用课前三分钟时间。

从女儿楚韩小学低年段开始，每年暑假，我会利用闲暇时间给她上兴趣课，一些亲朋好友的孩子也喜欢来凑个热闹。兴趣课的内容很广泛，有一日一诗、猜字谜、成语接龙、文字游戏、故事会等，孩子们喜欢得不得了，学习热情十分高涨。

楚韩曾在一篇作文中重温了她的这一段学习经历，她说："小时候最爱的便是窝在妈妈的身旁，让她在闲暇之时为我朗读一本又一本的故事书。清晨，伴着花园里阵阵清脆的鸟鸣，我的赏书之旅便开始了。妈妈用婉转而轻柔的声音为我朗诵诗词，而我总爱一边感受意境，一边抬头仰望天空。白云浮在广袤的蓝天，带给我时间停滞的错觉。夕阳西下，我和妈妈一起坐在小花园的石凳上，与书相拥。情绪伴着点点落下的夜色沉静，思绪在书香里游走，情感在人物间跌宕。《小王子》《麦田里的守望者》《彼德·潘》《简·爱》……一本本文学名著积智慧之沙，汇情感之流，给我的童年生活增添了许多的快乐。每一个入睡前的闲暇时光，忙碌了一天的妈妈总爱坐在我的小床边，为我静静地朗读童话书，在我不知不觉入眠后悄悄地为我掖一掖被角，然后轻手轻脚地离开。这在我看来，是幼年时最为温馨的场景。当缕缕书香疏离喧嚣，当浮躁的内心回归宁静，幸福感已伴随清香如约而至。"

我始终认为，背诵古诗是童子功，而阅读习惯的养成在于点滴的积累与坚持。我不知道我的同行们会不会利用边角料的时间选择经典书籍读给孩子们听。其实，从语文课堂到早晚自修，有太多的时间可以用来分享美文。

可是，想法虽好，也要学生喜欢才行。阅读有时只是自己的事，与别人毫无关系；阅读的快乐也纯粹只是自我的感受，感动不了别人。

很幸福的一件事是，我的已毕业的一些学生喜欢送书给他们的大舟老师。真好！阅读不是一个人的事了。大概，这也是为人师最大的意义所在吧？

语文，本就是一个负重、舍弃、释然、享受的过程，是与自己的美丽相遇。

很喜欢一句话：阅读是最浪漫的教养，爱书的孩子永远不会寂寞。

是的，在阅读里，许自己一场花开春暖！

人生三乐

 如果有人问我，平生最大的爱好是什么，我会毫不犹豫地告诉他——读书。

 常常对生活心存感激之情。是的，我是生活的幸运儿，老天爷似乎特别偏爱我，让我这个无一技之长却酷爱文学的人可以选择师大并就读汉语言文学专业。从此，梦想成真的快乐如影随形；从此，与书结下了不解之缘。

 我的最初的知识是在与书籍的直接接触中获得的，我的文学素养的提高与书籍是分不开的。上下五千年，纵横九万里。试问：哪一种活动能超越书籍的优势与魅力？五千年精华任你驰骋，九万里时空任你遨游。

 当你选择不到适合自己阅读的书籍时，不妨出去走走，多去看看博物馆、艺术展，多去游览祖国的名山大川，领略不同地域的风土人情。也许，社会这本立体的书会带给你更多的知识与惊喜。

 有一句话想象得极美：音乐，是一种心境。

 是啊，音乐是生命中一方不可或缺的天空，偶尔投影在它的波心，会变得豁然开朗。"音乐，不但鼓动了时间，更鼓动我们以精妙的方式去享受时间。"德国小说家托马斯·曼在他的《魔山》里如是说。生活不容许我们的身体到处去旅行，但我们完全可以凭借音乐去享受生活，享受时空旅行的美妙。乘着歌声的翅膀让一颗渴望飞翔的心亦能无拘无束地云游四方，岂不快哉！

音乐，不但鼓动我们去享受时空的美妙，而且还见证了我们生命的成长历程。

儿时的枕边，母亲的摇篮曲奏响了童年第一个爱的乐章；中学时代，台湾校园歌曲那优美的旋律陪伴我跨上了一个又一个崭新的台阶。

如今，作为一名中学语文教师，我时常提醒学生，音乐存在于我们生活的方方面面：风和日丽春，清风明月夜，小桥流水处，斜风细雨时……有时，音乐不仅要用耳朵去听，还要用心去听。当你的心里响起音乐，无论走到哪里，都能感受到美妙的旋律、动人的乐章。

不是吗？音乐，其实是一种心境。

如果说书籍和音乐是作为精神食粮存在于我的生命之中，那么，"吃"作为很物质化的一个动词，则是我每天必不可少的一种物质享受。

在我的心里，一直美美地认为：生命，常常是需要把许多时光"浪费"在一些美好事物之上的，比如读闲书，比如听音乐，比如享美食。

也许有人会反驳我，吃，也太平常太普通了吧？过程结束也就完成了。很多人甚至为了保持苗条的身材，错失了许多大快朵颐、大饱口福的机会。

"民以食为天。"吃，不仅是基本生存的需要，更是享受精神升华的需要。怎样升华，这就不仅是生理上的感觉，更有滋味之外艺术的追求了。

　　有了对艺术的追求，就会产生对所消费的物质来龙去脉了解的欲望及对今后展望的需求。这样，我们就会调动所有器官，充分体验生活中的每一种消费，从而达到消费与乐趣、物质享用与精神追求的完美结合。

　　这种由物质到精神的合二为一的过程，以及由此产生的幸福感，已经远远超出了粮食本身的物质意义而成为我们为之追求的终极目标了。

选择读一本书

什么是教育？钱理群教授认为，就是"爱读书"的校长和"爱读书"的老师，带领着学生一起"读书"。

就这么简单！但要做到，还真不容易！

我从小痴迷于读书，但家里没有几本藏书，于是便爱上了图书馆。

如今，买几本钟爱的书并不是什么奢侈的事情，家里的藏书也越来越丰富，俨然一个小小图书馆。可是，静下心来好好读点书的时间反而少了。

是的，能否静下心来读点书，从来就是一种缘分，不是什么人都能获得这份荣幸的。

朱自清先生说得好："经典训练的价值不在实用，而在文化。"犹太法典《塔木德》有言："只要把一本书念一百遍，你就有能力读懂世界上的任何一本书。"

读一本好书，如品一杯醇酒；

读一本好书，如建一座大厦；

读一本好书，如交一位大师。

无数伟大的智慧与灵魂，通过文字进入我们的灵魂，不断扩大我们的精神空间，扩充我们的心灵世界，从而到达光明与希望的未来。

生活需要选择，谁都可以做选择，区别就在于你的选择是否有价值。

如果可以，我选择有生之年，静静地坐下来，读一本又一本的书。伴着书香沉淀浮躁的心灵，重拾童年读书的快感，自由打开身心愉悦的方式，活在灵动飘逸的意境里，让那些隽永的文字，融入血液，深入骨髓，雕刻心灵，重塑自我。

如此，真好！

皓首不移

——品读《费孝通传》

    《费孝通传》的作者张冠生先生在自序中这样评价费孝通："最真切、最传神的'费孝通传记'，作者只能是费先生本人。这是一部已经载入史册的无字大书，其生命几乎跨越一个世纪。这部大书，经百年历史变局，山重水复，柳暗花明，风云际会，不仅好看而且引人遐思。"这段评价充分体现了费老的精神追求和精神价值。

    费孝通（1910—2005），著名社会学家、人类学家、民族学家、社会活动家，中国社会学和人类学的奠基人之一。曾任全国人大常委会副委员长、全国政协副主席、民盟中央主席。其所著的《江村经济》被认为是我国社会人类学实地调查的一个里程碑。一九八〇年三月，国际应用人类学会授予他马林诺夫斯基名誉奖。一九八一年十一月，英国皇家人类学会给他颁发了赫胥黎奖章。

    品读《费孝通传》，我不仅零距离地走进了中国近代史，而且深切地感受到自己走近了先生——那个倡导文化自觉的先生，那个行行重行行的背影，那座高山仰止的丰碑。

    说句实话，在我二〇〇九年加入民盟之前，对先生的了解其实并不多，知道的一丁点儿也只是文学层面上的。

    二〇一二年春天，杨柳依依，在杭州古运河畔，我有幸作为民盟浙江省宣传骨干的代表聆听了张冠生先生的讲座，如坐春风，敬佩之情油然而生。

二〇一三年清明前夕，我又有幸与盟友一行二十余人到苏州市吴江区松陵公园费老的坟前敬献黄菊，寄托哀思。

一个世纪中国社会的发展变迁，深刻影响着费先生的生命历程。将一身才学与国家民族经济、社会发展紧密相连的学者，费老堪称现当代第一人。费老提出的"各美其美、美人之美、美美与共、天下大同"的十六字箴言，跨越时空，超越国界，富有永恒的魅力，业已成为东西方文明和谐交融的要诀。

是费老，以敏锐的洞察力，在文化格局日益多元繁复的时代，着眼今昔文化生态不断变迁的挑战，提出如何通过"文化自觉"，树立一个"美美与共"的文化心态，重建民族文化自信心，巩固国家和民族认同，从而构建和谐中国，并最终实现世界和谐，促进不同文明间的相得益彰，共同繁荣。

是的，包容大度、和谐共生是人类明智的选择。诚如费老所言："中国人几千年来的理想，就是要实现一个人类和平共处并共同发展的世界，不同文化之间不应是互相冲突的，而应是相互协调的。"

费孝通曾说："我这个人一生超前，所以我只能清唱一生。"

真是一语惊人！清唱一生，个中苦辣，尽寓其中，寸心知之，得失固不能与外人道也！

由此我想到了费先生的另一句话："要别人都懂得你，哪里可能啊，有几个人识货啊？"对这样一位通达之人，佩服之至，五体投地。

乐吾乐以及人之乐，美吾美以及人之美。只有懂得欣赏和学习强于自己的人，才能不断超越、不断前进，为实现人类社会的和谐幸福发展，贡献最大限度的力量。费老做到了，在不断追梦的路上实现了人生价值的最大化——一个人的自然生命总有休止的一天，而文化生命将永留史册。

今天，当我再一次品读《费孝通传》，倍增怅触。"从前的先生""伟大的先生"等语词，萦绕心头，挥之不去。

费老一生倡导"文化自觉"，深深地"化"了你我。

那光，照耀的是你我的思想与灵魂。

岁月似梦，往事如烟。百年人生，不过沧海一粟。

二〇〇五年四月二十四日，费孝通先生在北京病逝，享年九十五岁。

是以记，表达晚辈对先生深深的敬意，并以此纪念一段远去的峥嵘岁月。

一念梦境里　一念相思长
——读杨绛《我们仨》随感

"我清醒地看到以前当作'我们家'的寓所，只是旅途上的客栈而已。家在哪里，我不知道。我还在寻觅归途。"当读到《我们仨》最后一段文字，我的心里竟有说不出的悲伤，有了隐隐作痛的感觉。

二〇〇三年，九十三岁高龄的杨绛先生出版了回忆一家三口数十年风雨生活的《我们仨》。全书分为三个部分，从"我们俩老了"到"我们仨失散了"再到"我一个人思念我们仨"。作者以简洁而略带沉重的笔调，回忆自己和丈夫钱钟书、女儿钱瑗一家三口生活的点滴。用独特的行文方式，描写在古驿道上，我们仨从相聚相守到相失相忆的悲情故事，字里行间透露出这位学识大家朴实无华的文风、人淡如菊的品格和低调达观的智慧。

这是一个极其普通的家庭，父母和女儿，他们生活简朴，与世无求，与人无争，只求能相聚相守在一起；又是一个不寻常的遇合，他们搬家、做饭、读书、游戏、探险等，做力所能及的事。一个单纯温馨的学者家庭，因为有"我们仨"不寻常的遇合而变得不再普通。他们，从清华园相遇相恋，一起携手走过了六十三个春秋。我们，则从"我们仨"身上感受到了人世间最美好最珍贵的情感。

用梦境构筑生活，用平和书写人生。古驿道上的相聚相别，恰如生活中的聚散离合。在梦中，通往家的路途似乎永远都没有尽头，与家人相聚的时光又总是那么短暂。杨绛把梦写成一个寻寻觅觅的万里长梦，而这个万里长梦正是钱钟书住院的一千六百天。

　　一九九七年早春，钱瑗离世。一九九八年岁末，钱钟书离世。

　　父女两人相继离世，对杨绛来说，何止是天人永隔，实在是失去了生命的全部，白发人送黑发人！可先生的笔调却异常地隐忍与节制，似静水深流，"我们三人就此失散了。就这么轻易地失散了。""世间好物不坚牢，彩云易散琉璃脆。""现在，只剩下了我一人。"目光停驻在这些语句上，杨绛与家人相守相助、相聚相失的人生际遇，令人扼腕叹息，掩卷长思。诚如钟书所言："目光放远，万事皆悲。虽然明知是悲剧的结局，却要笑着活下去。"钱钟书离开后，杨绛深居简出，闭门谢客，潜心学问，整理遗稿。

　　高贵的魂灵，简朴与温暖并存，孤高与博爱同色，心怀慈悲，默然开出属于自己的花儿。钱钟书曾用一句话形容杨绛："绝无仅有的结合了各不相容的三者：妻子、情人、朋友。"这对文坛伉俪的爱情，不仅有碧桃花下、新月如钩的浪漫，更融合了心有灵犀的默契与坚守。

　　杨绛夫妇对女儿钱瑗的培养，堪称人文教育的典范。我喜欢书中的每一张照片，久久凝视，不忍释手；我也喜欢照片旁附录的简洁文字和它背后的故事，每一张合影都透露着爱情最美的模样。

　　书中关于读书的片段比比皆是："牛津的假期相当多，钟书把假期的全部时间投入读书。""我们回到寓所，就拉上窗帘，相对读书。"所谓"润物细无声"，在父母的熏陶下，阿圆也成了一个不折不扣的书虫，"院子里一群孩子都在吵吵闹闹地玩，这女孩却在静静地看书"。钱瑗十岁那年，首次回到钱家老宅。彼时钱家大大小小的孩子，全都聚集在院里玩耍，唯有钱瑗静静在祖父身旁看书。只十一周岁，她已读过《西游记》《水浒》等小说，和钱钟书一样，无论到哪里，总是先找书看。

先生有一句经典名言："你的问题在于读书太少而想得太多。"确然，一个人读书的多少，决定了他的运气和福气。读书，读的不只是书，更是选择了一种理想的生活方式。二〇〇一年，杨绛在清华大学设立"好读书"奖学金，用于资助那些成绩突出但家境贫寒的学生。

在百岁生日来临之际，杨绛接受了上海一家媒体的采访，她淡淡地说："感觉每一天都是新的，每天看叶子的变化，听鸟的啼鸣，都不一样。我今年一百岁，已经走到了人生的边缘，我无法确知自己还能往前走多远，寿命是不由自主的，但我很清楚我快'回家'了。我得洗净这一百年沾染的污秽回家。"

百年华彩，归尘落土。那些曾经的芳华，那些曾经的勇敢，那些曾经的风骨，唯凭吊而已矣。二〇一六年五月二十五日凌晨，杨绛先生与世长辞，享年一百零五岁。"我们仨"终于在天堂相聚，从此不再失散。"人世间不会有小说或童话世界那样的结局，从此，我们永远快快活活地一起过日子。"

人生若此，夫复何求。"百岁老人"安静地走了，给我们留下许多深刻的启示：简朴的生活、高贵的灵魂是人生的至高境界；保持知足常乐的心态，才是淬炼心智、净化心灵的最佳途径。

《杨绛传》一书中对先生有这样的描述："她静悄悄地隐身，又在静悄悄地影响这个时代：乱世中淡泊宁静，与世无争，与人无求；袖手书斋，读书写字做学问，这样安静舒张的心，这样绝尘的精神生活，是我们在这个喧嚣躁动的时代一个温润的慰藉。"

特级教师柳袁照在他的回忆性散文《我所知道的杨绛》里则评价："杨绛是一个有性格的人，她不会受人摆布，到老了也是这样。杨绛正直，有主见，她认定的事物不会轻易动摇或改变。她不是一个苟且的人，她想做或不想做，都由自己的内心决定。"

其实，对杨绛先生的任何赞美或评价，都可称为是一种"冒犯"，因为她不需要，也不看重。杨绛之为杨绛，她的一生是无法复制的。木立于林，蔚然而深秀，哪里又需要我们对她做不知深浅的赞美或评价呢？

我与谁都不争，与谁争我都不屑！

若知是梦何须醒

——读川端康成《花未眠》

探讨广袤精致的自然美，追求浑然天成的艺术美，永存悠远淡泊的赤子心。

不是写实世界的摹写，而是感觉领域的探索；不是生活表象的复制，而是审美品位的超越；不是刻板乏味的说教，而是内在情感的共鸣。

这是阅读日本小说家、散文家川端康成作品后留给我的初始印象。

一九六八年十月，瑞典决定将当年的诺贝尔文学奖授予川端康成，表彰他"以其卓越的感受性和高超的小说技巧，表现了日本人心灵的精髓"。

"感受性"正是川端康成作品的精髓和魅力所在。川端的作品，总是期望以对过往生活的回忆和新颖独特的形式来彰显自我的主观感觉和审美趣味。开一代感觉文学之先河，树一面文化艺术之旗麾。

在川端的作品中，我尤其喜欢他的散文小品——《花未眠》，简短的篇幅、灵动的结构，显现了作家独特的精神气质和艺术涵养。

写作本文源于作者独自住在旅馆里，在凌晨四点醒来时偶遇不眠海棠不经意间散发出来的美，并由此生发出对生命的哲学思考及潜意识里对大和民族文化写实精神的认同感。

川端从最原始的自然美学出发，描写未眠海棠花由内而外散发出来的哀伤与神韵："它盛放，含有一种哀伤的美。"而后浓墨重彩地抹上主观的感情色彩："自然的美是无限的。人感受到的美却是有限的，正因为人感受美的能力是有限的，所以说人感受到的美是有限的，自然的美则是无限的。"作家在对自然美的无限向往中回归现实，发出理智而略带无奈的喟叹，其在矛盾中构筑的微妙心理不言而喻。

的确，人对美的感知往往具有相对的独立性，既不是随着时代前进的步伐而同步前进，也不会伴随着年龄的增长而有机增长。这种个体生命发展的局限性引发了读者内心深沉的痛感。然而作者并没有在此做进一步的深挖细掘，而是将笔锋一转："凌晨四点的海棠花，应该说也是难能可贵的。如果说，一朵花很美。那么我有时就会不由自主地自语道：要活下去！"作者并没有因为一朵花由艳而衰的转瞬即逝陷于悲观与绝望之中，恍然间带给我们一种在可遇不可求中收获生命意外惊喜所带来的坚强与释怀。

"哀吾生之须臾，羡长江之无穷。"作者由一朵花的艳丽想到了生命绽放的璀璨，想到了一个人的生命如何在由生变死、由死而生的循环往复中达到永恒之境。生而为人，其生命长度是有限的，感受到的美是有限的。但是，人可以通过自身的努力不断填充生命的空间，力求增加生命的厚度与广度。相对于永恒而言，短暂似乎只是一种折磨，但它同时也是一种丰富一种精彩，如同凌晨四点独自盛开的海棠花，即使终将凋零，却依然努力绽放，在释放美丽的过程中实现自身价值，从而呈现出生命的灵动之美。

　　然而，有意思的是文章却在结尾旁生了一个逻辑上的悖论。既然川端选择勇敢地活下去，却又在后文似乎自相矛盾地引用画家雷诺阿的话："只要有点进步，那就是进一步接近死亡，这是多么凄惨啊！"出人意料的转折使平淡的笔调变得意味深长，短暂的积极过后似乎又显现出某些消极的意味。这正是作者行文的巧妙与高超之处，前文的叙述也在这里有了一个归宿：有价值地活着必然要获取自身的进步，然而进步的同时又在一步一步逼近活着的对立面——死亡。

　　到底是有价值地活下去，还是静默地等待死亡？在我看来，死生亦大矣，死生亦小矣。死与生两种截然的对立客体可以在某种程度上通过"进步"实现统一。虽然个体的生死在社会的总体进步过程中显得微不足道，时代的伟人在真理的沧海中洒下的不过一粟，但他们将生命的全部投身于探求人类社会进步的伟业之中，真理的意蕴、生命的价值亦会在其生命尾声中突显出来。

　　即使川端康成的一生羁绊于悲观宿命论，并以在书房自杀的方式终结一生，但此时此刻也许他更想表现的生命内涵，尽管我们终会死亡，但并不会因此止步人生，等待死亡。相反，生命不止，追求之心就永远不会停止。此时，我也依然执着地相信，只要追求信仰的心不死，追求真理的过程就能够赋予人生以真正的快乐和幸福，这种幸福的感受确实是妙不可言的。

　　《花未眠》以散行散段不断跳跃的艺术结构形式表现了作家深邃的哲学思想，可谓一句一真理，一语一格言。我们惊艳于川端的生花妙笔，能够将活泼的感觉和严肃的理性有机融合。我们惊叹于川端的奇思妙想，能够将精细微妙和深奥之思完美融炼，就像一个快乐调皮的小精灵，如此猝不及防地挤到我们的心里，并久久地占据了我们内心最柔软的那一部分。

"一朵花上说人情，一粒沙里看世界。"一朵未眠之花所代表的不正是我们漫长的一生吗？我们懂得了人与自然如何在和谐相处中真正达到精神敞开、彼此相融相生的境界，我们也领悟了"生"的全部意义不仅仅是好好地活着，而且更要为人类做出贡献。

应该说，美的事物往往是静穆的，正像未眠之花，以它消弭了一切浮躁之心的宁静带给读者以美的享受，从而引发关于自然、关于艺术、关于美、关于生命的情感共鸣——感谢川端康成！

最后，我想引用日本诗人小野小町的一句诗献给川端："梦里相逢人不见，若知是梦何须醒。"

我愿意活在川端永恒的时间维度里，同他一起沉溺，耽于孤独，感受那份寂寞开无主的孤寂情怀，体味散文家敏感心灵的深邃与宽厚。

《瓦尔登湖》：鸣奏自然真切的心灵牧歌

　　初读梭罗的《瓦尔登湖》，觉得文章冗长、晦涩难懂，结构又不够清晰，诚如译著者徐迟所说："它太浓缩，难读，艰深，甚至会觉得它莫名其妙，莫知所云。"当静下心来细细品读后才感觉到，《瓦尔登湖》情真意切，细腻工巧，可谓字字珠玑，处处精彩。

　　那是我上了公开课《神的一滴》后一个闲适的周末，我和梭罗一起，面对湖光水色，面对四季晨昏，在物我两忘中释放自己，放飞心灵，感悟生活的真谛和生命的纯真。

　　捧读《瓦尔登湖》，仿佛身临其境，在美妙的湖光水色间，与作者一起徜徉湖畔，荡舟水上，看燕子翻飞、鱼儿戏水……唯美如《瓦尔登湖》是可遇不可求的。

　　捧读《瓦尔登湖》，让人陶醉其间，那安宁恬淡的心境、本色舒适的生活、深邃而又朴素的思想深深地吸引了我……独特如《瓦尔登湖》亦是难能可贵的。

　　这位美国作家，是一个与孤独结伴、与寂寞为伍的作家。作为美国一代思想家、文学家的梭罗总是不断地体验内心的情感世界，抒写属于自己的人生经历与感悟。

　　梭罗于一八一七年七月十二日出生于美国马萨诸塞州康科德城，一八三三至一八三七年就读并毕业于哈佛大学。一八五四年，

《瓦尔登湖》出版了。这本书在当时并没有得到应有的关注，但随着时光的流逝，它的影响力却越来越广，越来越远，业已成为美国文学中一本卓越的著作，成为十九世纪美国非小说著作中最受欢迎的书籍之一。可以这样说，梭罗是因《瓦尔登湖》出名的，瓦尔登湖也是因梭罗而享誉世界的。

也许，一个真性情之人，他的思想观点往往会与众不同吧？梭罗内心所崇尚的自然是原生态无污染、绿色的自然，因而他笔下的自然总是令人身心愉悦，飘荡着无拘无束的心灵牧歌，隐约中让人嗅到淡淡的花香，间杂着青草和泥土的芬芳。

《瓦尔登湖》所关注的是人类性灵恢复这一重大主题，它向世人揭示了作者在回归自然生活实践中所发现的人生真谛。如果一个人能够满足于基本的生活所需，便可以更从容、更坦然、更充实地享受人生，更诗意地栖居，"把一切不属于生命的内容剔除得干净利落，简化成最基本的形式，简单，简单，再简单。"

我喜欢文中那些干净的语词和诗意的句子，内心深处一次次被梭罗的赤子情怀温暖着，感动着。"在那种日子里，慵懒是最诱惑人的事情，我就这样偷闲地度过了许多个上午。我宁愿把一天中最宝贵的光阴这样虚度，我是富有的，虽然与金钱无关，因为我拥有阳光照耀的时辰以及夏令的日月，我挥霍着它们……"谁不想拥有这温煦而休闲的时辰！谁不想挥霍这诱人的慵懒时光！

事实上，简朴生活一直是世界各民族的传统美德。英国著名女作家乔治·艾略特曾评价："《瓦尔登湖》是一本超凡入圣的好书。严重的污染使人们丧失了田园的宁静，所以，梭罗的著作便被整个世界阅读和怀念了。"

"朴素，天下莫能与之争美。"生活最好的状态，也许就是物质上的简朴、精神上的丰盈。洗去生活的铅华，体味心灵的淡泊，让精神真正得以栖息。

　　在物质越发丰裕、文明日益进步的今天，人生最大的幸福并不是拥有巨大的财富，而是心灵的充实与自由。人们只有从繁杂的俗事纷扰中解脱释放出来，才能真正反观和审视自己的生活方式和心灵状态，认识自己内心真正的需求，在与自然和谐相处的情境中重新获得智慧的启迪，找回灵魂安恬舒畅的居所。

　　感谢这样一个闲适的周末。是它，让我走进了梭罗营造的唯美世界，拥有了最洁净最暖和的阳光；是它，让我走进了宁静美丽的瓦尔登湖，感受到了最纯美的天籁之音并为之心驰神往了。

　　那么，就让我们以一颗平静的心去体会这本静谧之书带给我们的无与伦比的美妙吧！

高贵与卑琐

——读《山居笔记》有感

    我看的是二〇〇一年底出的新版，后附有余先生《答学生问》等有关文外心境的随笔，使我见识到当代中国文坛一代大师严谨的究学、治学态度及平和、淡泊的人生态度。余先生的写作总是与考察连在一起，因而作品总以许多史实、典故为基础，同时引用大量的史料和前人的作品，旁征博引，大大增强了文章的可信性和学术性。读《山居笔记》让人强烈地感受到余先生高超的文字功底和高深的文学素养，学到的不止是文学上的，还包括历史的和哲学的，等等。每每读余先生的文章，便自叹找到了知音。

    人生或许总是充满了遗憾，好在还有余先生在为我们思考着，一如既往地思考着。读他的作品会有些许沉重，但在沉重之中也能感觉到余先生可爱、忠实和真诚的信仰。我喜欢书中《流放者的土地》和《历史的暗角》这两篇文章，前者写的是那些不被时代相容而遭受流放的历史文化名人，后者写的是那些处于历史暗角中的各种小人，把二者连在一起，自然而然地会心生许多感慨，因为那是高贵与卑琐的最好对照，是美丽与丑陋的绝美诠释，更是君子与小人的经典注脚。

    中国文化史上一直有一个奇怪的现象，即越是超时代的文化名人，往往越不能被他所处的具体时代包容。于是余先生有了《流放者的土地》《苏东坡突围》等作品。在被流放的路途和岁月中也就有了"同是冰天谪戍人，敝裘短褐益相亲"的感叹，"当官衔、身份、家产——被剥除，剩下的就是生命对生命的直接呼唤。"于是余先生得出这样一个结论："我敢断言，在漫长的封建社会中，最珍贵、最感人的友情必定产生在朔北和南荒的流放地，产生在那些蓬头垢面的文士们中间。其他那些著名的友谊佳话，外部雕饰太多了。"这很好地诠释了"生经多难情愈好"，这实在是灾难给人的最大恩惠。

　　这些文人都是被自己的朝代所抛弃和惩罚的，他们寂寞、孤独，更多的是悲哀与无奈，但是他们给东北这块当时还是荒凉和原始的流放地播下了文明的种子，对东北的开发事业进行了一代接一代的连续性攻坚。读了这些文字，我开始关注流放者，开始关注他们无际的痛心与漫漫的孤独，关注他们沉沉的苦难与荡荡的高贵，部分文人之所以能在流放的苦难中凸显人性，创建文明，源于他们内心的高贵。他们的外部身份和遭遇可以一变再变，但内心的高贵却未曾全然销蚀。"最让人动心的是苦难中的高贵，最让人看出高贵之所以高贵的，也是这种高贵。"东北这块土地为什么总显得坦坦荡荡而不遮遮掩掩，为什么没有多少丰厚的历史却快速地进入一个开化的状态，至少有一部分，来自流放者心底的那份高贵。

　　"东坡何罪？独以名太高。"苏东坡正是由于太过出色、太响亮而被围攻。中国世俗社会的机制非常奇特，它一方面愿意播扬和哄传一位文化名人的声誉，利用他，引诱他，榨取他，另一方面从本质上却把他看成异类，迟早要排拒他，糟蹋他，毁坏他。起哄式的传扬，转化为起哄式的贬损，两种起哄都源于自卑而狡黠的心态，两种起哄都与健康的文化氛围南辕北辙。贫瘠愚昧的土地上，苏东坡这个世界级的伟大诗人在示众，而我们整个民族，正在丢人。"得罪以来，深自闭塞，扁舟草履，放浪山水间，与樵渔杂处，往往为醉人所推骂，辄自喜渐不为人识。平生亲友，无一字见及，有书与之亦不答，自幸庶几免矣。"从苏东坡给朋友的信中不难读出他内心的寂寞凄清和精神上的孤独无告。"小人牵着大师，大师牵着历史。小人顺手把绳索重重一抖，于是大师和历史全都成了罪孽的化身。一部中国文化史，有很长时间一直捆押在被告席上，而法官和原告，大多是一群群挤眉弄眼的小人。"今天，读及余先生描写历史的这几句话，仍然让我心痛得几近落泪。而这些令人痛心的历史也成就了不少惊世之作，在黄州的凄苦挣扎和超越之间，苏轼真正走向了成熟，引导千古杰作的前奏已经鸣响，一道神秘的天光射向黄州——《念奴娇·赤壁怀古》和《赤壁赋》就在不久后诞生了。一切成于苦难，亦止于苦难。余先生的笔记，让我们更加清醒，更加了悟。

《山居笔记》的最后一篇是《历史的暗角》，讲的是历史上的小人。

说实在的，"小人"是一个很难定义的概念，常常是通过"君子"的反义来理解的。余先生花了那么多笔墨写小人，正如他所说，研究小人是为了看清楚小人，给他们定位，以免他们继续频频地影响我们的视线。在文中余先生对小人的行为特征做了分析，并给小人进行了分类，最后还从我们身边对小人的产生和活动空间、存在原因等方面做了精彩的注解。同时也表明了自己对小人的愤激之情并"需要让自己从心理上强悍起来"的态度。"他们是一团驱之不散的又不见痕迹的污浊之气，他们是一堆飘忽不定的声音和眉眼"，小人恶陋难缠的嘴脸跃然纸上。

余先生认为，小人之为物，不能仅仅看成是个人道德品质的畸形，这是一种带有巨大历史必然性的社会文化现象。这种现象在中国历史上的充分呈现，体现了中国封建社会的人治专制和社会下层低劣群体的微妙结合，结合双方虽然地位悬殊，却互为需要，相辅相成，终于化合成一种独特的心理方式和生态方式。

可见，政治上的小人实在不是自然生成的，而是对一种体制的填补和满足，也就是说，封建专制制度的特殊需要为小人的产生和活动提供了广阔的空间，久而久之，也就给全社会带来了一种心理后果：对小人只能防，只能躲，不能纠缠。于是小人就如入无人之境，滋生他们的那块土壤总是那样肥沃、丰美。

其实，不管什么时代，小人总是都会存在也应该存在的，否则世界就会少了许多的推动，少了许多的感叹，甚至也就少了许多的高贵。因此余先生的"我觉得即便是真正的小人也应该受到关爱，我们要鄙弃的是他们的生态和心态"便自然好理解了。在对待小人这个问题上，文明的群落至少应该取得一种共识：需要在心理上强悍起来，不再害怕我们害怕过的一切；不再害怕招腥惹臭，不再害怕群蝇成阵，不再害怕众口铄金，不再害怕阴沟暗道，不再害怕那种时时企盼新的整人运动的饥渴眼光，不怕偷听，不怕恐吓，不怕狞笑，以更明确、更响亮的方式立身处世，在人格、人品上昭示出高贵和低贱的界限。假如我们都能做到不把小人看在眼里，那么，这个时代将是一个伟大的时代。

我们在书中与遥远的历史狭路相逢，无论是一个流放者，还是一帮暗角里的小人，我们都关注了。从中我们也读出了余先生鲜明的立身立世的态度——对高贵者的景仰和对小人的鄙视，此中态度本身已透出高贵与清明。一个个流放者清晰而高贵的形象，在历史焦距的变化中逐渐被放大，将永远进入那些追求崇高的心灵之中，而那一群躲在历史暗角里的小人，其浑浊、丑陋而卑琐的嘴脸，在历史长河的奔流冲刷下将变得更加透明、更加清晰，让人愈发看清而不屑！

　　对于高贵与卑琐，我的理解就是这样。

遇 见

春暖花开，感恩生命中的相遇。遇见《丽水民盟》，遇见如花儿绽放般美好的时光，遇见更好的自己。

依稀记得十年前的五月十四日，带着几分憧憬几分期许，我如愿成为中国民主同盟这个大家庭里的一员。那年的夏天，阳光特别灿烂，空气中散发着夏天热情的味道。我怀揣梦想，更怀着感恩之情和学习之心，在最灿烂的季节最美好的年华，开启了长达十年的《丽水民盟》编辑工作。

遇见，不仅是美丽，更是缘分。但缘分之外，我仍有不尽的感恩。一个小小的编辑，遇见一份心仪的刊物，是"善缘"。从此，身心得以舒展安放，精神得到洗礼引领。在这漫长又短暂的十年时光里，我和《丽水民盟》成了心灵契合的朋友。

犹记汤家友主委的教导："民盟主要是由从事文化教育以及科学技术工作的中高级知识分子组成的，我们的刊物不仅要办得有质量，还要力求办出党派特色。"二〇〇九年七月，我们对盟刊进行了改版，栏目开设比原先更丰富了：《领导专论》《委员视点》《民盟先贤》《盟员风采》《提案天地》《社会服务》《基层动态》《绿草芳菲》，涵盖了参政议政、组织建设、思想建设、社会服务等方方面面。《丽水民盟，走向一个新起点》《云和"盟员之家"创建记》

《我们为丽水学院建言》《忆习近平同志到畲乡》《费老为云和"中国木制玩具城"题词的前前后后》《领导的关怀，永远的记忆》等，记录的都是难得的第一手资料，若不及时记录、总结，必将随岁月的流逝而被湮没与遗忘。

追寻民盟先贤，传承民盟精神。民盟先贤，高山仰止，景行行止，虽不能至，心向往之。从张澜、沈钧儒、黄炎培、杨明轩、李公朴、闻一多到陶行知、费孝通、胡愈之、季羡林……一期一先贤，以纪念民盟前辈为中国的解放和建设事业做出的巨大贡献。

《盟员风采》栏目把眼光从榜样人物聚焦到普通人物，介绍身边盟员的先进事迹。二中支部主打的"盟员风采"系列报道——《麦田里的守望者》《不急 不停 不躁——一个山妹子的习书杂感》《大山里走出来的书法家》《珍贵如你》《且行且欢喜——我的篆刻之路》《盟员金松的三不主义》《画者，无问西东》等，宣传了一群年轻有为、奋发向上的支部盟员，传递了正能量，弘扬了主旋律。

《提案天地》见证了民盟人资政建言的拳拳之心。《一件好提案，两任省长办》刻画了丽水市委会提交的一个重点提案产生和淬炼的路径；《情系"三农"献良策》书写了丽水民盟与当地文化"三农"的不解之缘；《关于进一步加强我市水资源管理的建议》聚焦生态环境保护，为保护绿水青山提供了有价值的参考建议，为丽水的生态发展发挥了积极的作用。

印迹永恒，明心可鉴。

回眸《丽水民盟》的发展历程，一次次调研，一件件实事，一份份情怀……定格感人瞬间，书写传奇人生，共担历史职责，淬炼理想操守。

十年一瞬，初心不忘。

回眸《丽水民盟》的成长历程，与丽水各项事业的发展是息息相关、休戚与共的，体现了民盟与共产党肝胆相照、荣辱与共的真挚情感，传承了丽水民盟人自强不息、甘于奉献的民盟精神。

岁月斑驳，沁润美好。

这是一个无限包容又无限开放的思想空间，肩负时代重任，超越人为限定。在文字中尽情享受生活，我甘之如饴，我静心付出，我无怨无悔。任凭时光流逝，《丽水民盟》一定会伴随我由青年、中年，悠然步入老年。

我始终相信，世间有无法解释的因缘，于茫茫人海大千世界相遇，是"善缘"。遇见《丽水民盟》，遇见如花儿绽放般美好的时光，遇见更美的自己。

"士不可以不弘毅，任重而道远。"我们不仅要总结经验、继承传统、汲取力量，更要展望未来、明确方向、踔厉奋发、勇于担当，在寻觅与思索中勿忘初心，收拾心情，整理行囊，继续出发。

让作文创新薪火相传

二〇二二年,《处州晚报》现场作文大赛迎来十周年的纪念。

十年,很长很长,长得足以改变一个人的容颜;十年,却也太短太短,弹指一挥间,不足以让人脱胎换骨;十年,有哪些东西已被无情岁月悄然带走,又有哪些被固执倔强的人们一一捡拾。

感谢诗人朋友,带我走进丽水人自己的作文大赛。于我而言,在作文比赛中担任评委已不是第一次。而每一次,我对学生和他们的作文都充满期待与想象。这种期待与想象带来的幸福感是不言而喻的,换一个视角来审视孩子们的创意写作,我又将收获怎样的惊喜!

我期待看到更多美好而纯粹、诗意而有趣的生活境地,期待看到更多有独特思想、善于表达的学生用心用情书写心中的美好,期待看到更多学生在写作这块生命的乐土上自由飞翔。大赛打通了一条"另类书写"的通道,所起的作用是引导,是唤醒,是激发。而我最大的收获是,不仅结识了一群才华横溢的诗人朋友,而且在更大的平台上践行我的"诗意语文",把我的"快乐汉语"分享给更多年轻的朋友。

感谢所有参加作文大赛的同学们,是你们让我看到了童真童趣,看到了成长的力量及对生命真、善、美的追寻。尽管有一些文字还稍显稚嫩与青涩，但每位同学或真挚内敛，或热烈飘逸，或哲思飞扬，都是独一无二的，从文字中透出的成长、追求、梦想、诗意、创新等给我带来了意想不到的惊喜。谢谢孩子们，让我们相遇在最美好的华年，最美好的时代。

感谢《处州晚报》现场作文大赛，给每一个参赛者以展示自我的平台。我想，写作的至高境界是出于本心的热爱，把写作当成一种生活方式，为生活的乐趣而写，为幸福的人生而写。真诚希望每位参赛选手能够永葆这种情趣，并努力将它上升为一种情怀、一种姿态。我们学校的写作教学，也应当引导学生向往这种境界。

最后，我希望在比赛过程中，还能举办一些针对师生、家长和社会的活动，让更多的人加入阅读和写作中来，让作文创新薪火相传。

遂昌游记

　　我曾两次探访遂昌，一次是学校安排的党盟联谊活动，一次是大学同学聚会。过了十多年，旧地重游，最大的惊喜居然是"访旧得旧"。

　　龙泉至遂昌，我们选择走省道。从锦溪、住龙穿龙洋，就是遂昌地界了。出王村口、焦滩、石练，直奔湖山而去。道路两旁的春景美不胜收，令人目不暇接。山并不巍峨，一山山的绿色牵连着，缠绵着，慵懒着，不绝于眼，把人的心儿也给染醉了。

　　为此次游览，孩子们提前做了攻略，选择的第一站是湖山乡的仙侠湖。

　　到湖山，正好十点。莲都、青田两地的朋友已在码头等候多时。

　　是日，雨过新晴，烟雾迷蒙，湖上风光，恍若仙境。一幅幅灵动清新的水墨画扑面而来，既婉约细腻，又深沉大气。湖，依山环绕，如梦如幻；山，远离尘嚣，如韵如琴。湖的清幽，山的雅致，似是天堂的美景，留在了人间。但见重峦叠嶂之下，一匹练自峡中出，飞湍直下，恰如白马奔腾，气势不凡。游船行至过半，又见一红色天桥横截于前，似弓似月，巧夺天工，美轮美奂。同伴介绍，这就是遂昌有名的网红桥——湖山大桥。

天公作美，船行至深处，雾随天去，湖上一片浩荡，茫茫苍苍，一时小我与自然融合，竟有岁月不知几何之感。最妙的是，偌大的一片湖都是我们的，难得偷来片刻的安宁，想起杜甫的诗句——飘飘何所似，天地一沙鸥——好想融入它的形质和神采中，不想归亦不愿归了。

出湖山，驱车三十二公里，至遂昌县城。每次来到遂昌，汤显祖纪念馆是我的打卡地。

"一代词匠"汤显祖，于明万历二十一年至二十六年（一五九三—一五九八）任遂昌知县。他勤政爱民，兴教办学，抑制豪强，政绩显著。代表作《牡丹亭》享誉文坛，驰名中外，人称"东方莎士比亚"。

汤显祖纪念馆位于遂昌县城北街四弄，面积九百多平方米，由前院、馆舍、后园三部分组成。二〇〇六年，原汤显祖纪念馆和明代民居陈家大屋整合，整合后的纪念馆占地面积约两千五百平方米，环境古朴，列陈丰富，格调高雅，为游客必经之地。

虽然是旧地重游，此行却多了一份期待。我多么希望，希望自己可以神遇汤公和他笔下的杜丽娘、柳梦梅。可是，因时间关系，此行却吃了个闭门羹。

走出纪念馆，我独自一人在街上漫无目的地闲逛。在城市面貌日新月异的今天，大小城市高楼拔地而起，霓虹灯千篇一律地闪烁。而遂昌，这个名不见经传的小县城，依然古旧古朴。那一条条整齐逼仄的小街，那一排排灰墙黛瓦的老宅，那一个个步履从容的市民……都已深深地刻在了我的脑海里。

走在遂昌的街街巷巷，仿佛走进了时光隧道。走着走着，恍惚中，我感觉自己仿佛穿越了四百年，走进了《牡丹亭》，进入了汤公的精神世界。我想，四百年前的汤显祖，无论如何也想不到，四百年后的今天，他会成为世界文化名人，更有人工之城的"数字王国"在这座小城悄然上演。

第二天早上，我们一行十人驱车前往位于长濂村的鞍山书院。

鞍山书院始建于明万历年间，因明神宗年间状元杨守勤在此执教而闻名于世。雨后的书院在淡青色天光的映衬下显得格外庄严肃穆，两只羽毛艳丽的不知名的鸟儿在树丛里忽隐忽现，忽上忽下，发出古老而神秘的叫声。我屏住呼吸，目不转睛地看着，生怕打搅了鸟儿的雅兴，而鸟儿居然颇通人性，停止了嬉游，朝我鸣叫个不停，倏地，又箭一般飞向蓝天。

走进书院，施施而行，漫漫而游，不禁感叹：真乃读书之地啊！冰儿和她的几个小伙伴们模仿古人读书的场景让人恍惚回到了旧时光，"朱校长"穿上状元服，一举手，一投足，颇有几分状元相，让人忍俊不禁，难道数字时代的年轻人也向往古人的生活？这是此行意料之外的收获。果然要和年轻人一起玩，一个个惊喜会在前方等着你呢！

与鞍山书院毗邻的是"月洞家风"。"月洞"名王兹，字介翁，号月洞，南宋时遂昌湖山人。曾授江西省金溪县尉，宋祥兴年间弃官归隐，结社赋诗，著有《水洞诗集》二卷。汤显祖曾为其诗集作序，因敬佩月洞的人品和诗格，题"林下一人"匾。

月洞家风，清中期建筑，三进一开间两厢式。听说，月洞家风是二〇〇四年从遂昌老城迁至鞍山书院修复而成的，面积一百一十余平方米。这里，国家领导人曾亲临拜访；这里，依稀可见主人的家学渊源，处处透露厚重的文化气息。我想，墙上悬挂的一张张合影印刻的不止是书院的过去，更有书院的现在与未来。

遂昌之行，游湖山，泡温泉，访故居，走书院。及湖，及泉，及耕读人家，亲自然山水之健，近文人雅士之态。超越小我之限，除却尘世束缚，可谓"心凝形释，与万化冥合"。

今生若有缘，期待再相逢。

凤阳山行

  我对凤阳山并不陌生，曾先后三次专程游览过。然自前年对外开放始，还未曾一面。真盼望能随性再去走一走，看一看，让记忆的羽翼拾起片片精美的花瓣。今年果然来了机会，几个好同学约好去山上拍日出，旧地重游的愿望得以实现。

  五月的山城，已是绿柳依依，花木扶疏。天阴阴的，空气水水的，有种下雨的味道。整个山城就是一种将要下雨的神情，但是并不威胁，只是含蓄着，温婉着，欲说还休，将那种情绪传递给你。到达目的地已是午后三点，欲说还休的天公竟然不作美，下起淅淅沥沥的小雨。都说雨中访瀑布别有情趣，我和同学四人便决定冒着点点雨星步行去观瀑布。

  一路谈笑风生，山路两旁的美景令人目不暇接，不知不觉来到一块木牌前——"双折瀑 0.8k"。随着迂回曲折的一段仄仄的石阶往下爬，让我这个虽是山里人却不经常爬山缺少锻炼的人真正领略了"上山容易下山难"的滋味。耳畔隐约传来"哗哗哗"的落水声，但要看到"庐山真面目"，还得经过一段有惊无险的石头铺砌的小河道。在同伴的帮助下，我终于胜利跃过，一种成功的喜悦滋润了全身。

  "好壮观的瀑布！"同伴惊叫起来，只见山峦重叠之中，一匹白练从七八十米的悬崖飞泻而下，起落撞击的回响，震荡山谷。

果然是名副其实的"双折瀑"——小瀑布连着大瀑布，我想这双折的奥妙大概就在于此吧。但我确实不知双折瀑得名的缘由，或许其中有过美丽动人的传说？此时的我已完全被它的神奇折服了，眼前的它像一朵晶莹洁白的水冰花，又似随地铺展的白锦缎，裹着似玉的水珠飞向大自然空旷的山野，亲吻两岸碧绿的草木，抚摸山涧多情的山石。

　　站在瀑前，随风飘散的雨花溅到发上、脸上、手上，一股凉爽的快意沁人心脾。想起清代诗人袁枚的诗句："尽化为烟、为雾、为轻绡、为玉尘、为珠屑、为琉璃丝、为杨白花……"只可惜袁枚无缘领略这双折瀑的妙处！

　　闻水声而识天然之趣，观瀑布而悟生命之味。我被大自然这位艺术家深深地感动了。川端康成说："美是邂逅所得，是亲近所得。这是需要反复陶冶的。"对于瀑布，我似乎情有独钟，曾游历过江西的庐山瀑布，温州的大龙湫瀑布和青田的石门瀑布，但每次都是匆匆来，又匆匆而去，并没有静下心来好好地体会，细细地揣摩。今天，站在瀑前，觉得天下瀑布确实有异曲同工之妙。虽说双折瀑没有李白诗中"飞流直下三千尺，疑是银河落九天"的宏伟气势，没有大龙湫瀑布的逶迤缥缈、如梦似幻，但双折瀑同样令人怦然心动。一种"神摇目眩心魂颠"的感觉油然而生，好想沐浴在她的水流之下，让全身心受到洗礼，得到净化，尔后溶于水，溶于风，紧紧拥抱，相互依偎，不再离去。

　　可惜我这个凡夫俗子不能任凭思绪飞展，何况加大的雨点不容我有第二种选择，我依依不舍地随同伴离开了双折瀑。但双折瀑啊，你那山川溪流潺潺、瀑布飞鸟嬉戏的动人场景，已深深地刻在我的心上，永生难忘。

回到住处，已过酉时。雨渐下渐停，天色完全暗将了下来。夜晚的凤阳山，暗紫色的云霞漫上天空，低低的，仿佛触手可及。月亮不知躲哪儿去了，迟迟不肯露面。虽说大伙儿兴致未减，倦容却写在脸上。我建议大家早点休息，何况第二天还要早起赏日出。于是，人伙儿都不是特别情愿地各自回房休息了。

静静地躺在床上，听着风儿轻轻吹过林子的声音，翻阅随身携带的林清玄的散文——《温一壶月光下酒》，喜悦于这样偷来的轻松与幸福，却忍不住睡意渐浓，不知何时竟与周公约会去了。

翌日凌晨，在同伴的呼叫声中醒来，看看天色虽然放晴了，但绝不是观日出的绝佳时机，只好作罢。行程便往后推延了一天。

第三天，我们起了个大早，爬上海拔1929米的江浙第一高峰——黄茅尖，静静地等待太阳的升起。我想：太阳升起，最美妙的应该是光吧？果然，那地平线下隐隐的红霞，忽而变成一道金光，以迅捷的速度从东方的波心漾开，直蔓延到整个天边。就这样无数次堆着攒着已有的光，终于到了云破日出的时候，只需一秒，天亮了。同伴小吴惊呼："太阳是我最后的一滴血——太阳的血染红了玫瑰——"小吴是我们几个同学中最有诗意的，而且喜欢普希金，喜欢大海，所以我们平常都叫他"普希金"，另外两个同学是摄影家，他们时蹲时站，选取最佳角度进行拍摄，大有不拍到最美日出不罢休的态势。

于我而言，登凤阳山赏日出已不是第一次了，但每一次都有新鲜的感觉，好像每一次的太阳都不是同一个太阳。是的，人们对太阳是熟悉的，每天的东升西落，成为人们生活最为重要的参照系，但又有几个人真正领略过太阳从地平线升起那一刻的美妙与动人？我屏住呼吸，目不转睛地盯着，耀眼的光芒直逼我的双眼，仿佛自己也似东坡居士般飘飘乎如遗世独立，羽化而登仙了。

好时光总是特别短暂，因同学公务在身，不能久留，吃过中饭，我们离开凤阳山，坐上了返城的车子。

路上，远方的朋友来电，说自己生活在喧闹的都市，感觉身心有些疲惫。我笑了，是啊，我亲爱的朋友，若是在某一个早晨，当你感到水泥丛林的沉沉压迫，想要深深地吸一口气的时候，不妨去访凤阳山，与之神遇，让全身心得到释放。

行走在古道上

又一次开启我的古道之旅，在初冬融融泄泄的暖阳里。栝苍古道是古代处州通往外界的交通要道，被当地百姓称为"通京大道"。

这里，谢灵运曾用他特制的木屐奏响了中国山水诗轻灵空明的乐章，意动神流；这里，处州世子一代一代，晴耕雨读，把济世梦想化为现实，从江湖走向庙堂。如今，绵延五十华里的苍茫古道已基本废弃不用。尽管如此，古道却不荒芜，也不颓废，它无言地站立着，像一位历经岁月洗礼的老者，沧桑，淡定，以自己独特的方式迎接着每一位远方的客人。

第一次带学生去古道寻踪已是十多年前的事了，走得太过匆忙了些，似乎没有留下什么特别深刻的记忆。依稀记得漫山遍野的杜鹃花开得五彩斑斓；记得古屋虽然破旧简陋却不失古朴之风、自然之美；记得村民朴实憨厚、热情好客，一路都有他们悠闲、从容的身影相陪。古道留有许多文人雅客、达官贵人的故事，特别是却金馆村的孝廉文化，一直为后人所赞颂。

因此，这一次的古道之行我最期待的就是好好地去感受一下"孝"文化。

行程之初，路途平坦，同学们大都三三两两并排行走。走完一段平坦的山路后，就是长上坡和长下坡了，随着仄仄石径往下走，让我这个虽是山里人却不经常爬山、缺少锻炼的人真正领略了"上山容易下山难"的滋味。同学们也和我一样，累得够呛，但喜悦之情溢于言表。他们兴致勃勃地唱起了歌儿，嘹亮的歌声飘荡在古道茫茫无际的山野，与林间鸣禽溪水相和，使人顿觉疲劳消减。

一路，风儿轻吟，树枝摇曳，经过秋意熏染的树叶如火如荼，我恍惚以为那就是盛开着的我们愉悦的心情，眼前一簇簇的茅草摇曳着、怒放着，给古道增添了几许生机。同学们大都带了相机，一路拍个不停。渐渐地，大伙行走的速度慢了下来，途中好几个休息点，如桃花洞、寺庙等成为师生停歇开展班级活动的绝好场所。

在隘头村，有一丛远近闻名的银杏树。这株树龄达四百多年的老银杏，人称"七仙女"，因树干横向衍生了七株分枝而得名。如今，它已成为游客打卡的网红树。据当地百姓讲，那是七仙女的化身。当年七仙女不耐天庭寂寞，偷偷地来到人间，秀山丽水让她们忘记了时间。既然回不了天庭，那就留下来永远守望这块令人流连的土地吧！于是，七仙女就变成了七棵同根银杏。不管银杏是不是七仙女变的，它见证了桃花岭古道的沧桑巨变，却是很诗意很浪漫的事实。

稍作休息，我们继续往前行走。此时，阳光越发热情了，撒落在村子的泥墙青瓦上，透出古色古香的悠悠韵味。不知不觉，我们来到了"碑界"，原本累得不想说话的同学们又一次欢呼雀跃起来。两个同学各站一边，一个说："我在丽水。"另一个说："我在缙云。"真是太有意思了！

我在心里念叨着孝子牌坊，也不知走了多久，突然听到一个女同学的尖叫声："孝子牌坊到了！"抬头望去，只见一个白色石门屹立在村子的主道上。同学们纷纷拿出相机来拍摄。我也来凑个热闹，拍了两张，留作永久纪念。

说起孝子牌坊，当然要提到那位勤政廉洁的何文渊了。据说当年何公夜宿刘山驿站，看到村外山野有灯火，感到很奇怪，问其故，方知是村里一个叫陈登朝的男子在守墓。陈登朝的父亲死了已整整三年，他就守了整整三年的墓。竟然还有此等孝子！何公被陈登朝的事迹感动了，进京后就将此事奏明皇帝，"人生百事孝为先"，皇帝也深受感动，当即下了一道圣旨：在刘山铺村头的大道上建一座孝子牌坊。

于是，工匠村民都行动起来了，从缙云搬来上好的石头，轰轰烈烈地建起了"孝子牌坊"。此后，文武百官经过此地，都得下轿下马，以示对圣旨的敬畏和对"孝德"的尊重。诗人袁枚经过此处时，写下《客怀》五首，其中两句是这样的："见碑先下马，试水屡烹茶。"诗中所写的碑就是孝子牌坊。从此，栝苍古道的"却金馆"村便流传下一段"却金一馆何忠臣，泣墓三年陈孝子"的佳话。

我们跟随队伍继续向前行走，当走下最后一个台阶，走上水泥马路时，终点就在不远处向我们招手了。同学们忘记了一路行走的疲乏，开始小跑起来，经过最后一个弯道时，看到车子已经停在路边等候了。于是，同学们兴致勃勃地坐上了返程的校车。

回首古道，想想一路的所见所闻，我不禁感慨万千。时间虽然将古道最初的美丽消失在历史的长河里，可亘古不变的自然会一如既往地将她的美丽展现在世人面前，文化依然会一代一代地传承与发展，生生不息。

那么，就让我们于传统文化的熏陶中，用美的心情漫步于逶迤古道间，用心去感受古道留给我们的神韵吧！

夏游武夷山

在某个早上醒来，感到水泥丛林的层层压迫和热浪袭击的点点不适，想要深深吸一口气的时候，不期然地就想起了武夷山。

今年七月中旬，我们高中同学一行二十二人相约去武夷山游玩。

夏游武夷山，既领略了秀美的原生态的森林，又亲近了灵动的自然之水，自是别有一番情趣。

三天的行程，最精彩的莫过于漂流，那是两次让人终生难忘的"水上清凉之旅"。

第一天到达武夷山市，已是傍晚时分，落日的余晖毫不吝啬地把一栋栋平矮的白墙青瓦的房子涂上一层金色。天出奇的蓝，空气却不温热，水水的，凉凉的，让我这个饱受丽水火炉煎熬的人顿觉凉生心间，内心趋于洁净、明朗。晚上的聚餐好热闹，久别重逢的惊喜写在每一个同学的脸上，加上武夷山人和我们龙泉人的口味差不多，真把一顿晚餐吃了个不亦乐乎。觥筹交错之间，已是醉眼迷离。

第二天，吃过早饭就直奔武夷山景区。到达目的地，分组坐上了旅游观光车。

观光车在窄窄的山道上徐徐行驶，阵阵山风扑面而来，郁郁葱葱的山林毫无保留地投影在我们游骋的深眸里。武夷山的植被保护之完好令人咋舌,身处其中,仿佛来到了道道地地的原始森林,时间似乎也在这一刻凝滞了,带给人时光倒流的错觉。恍惚迷离中,多少世事已然远逝,多少过客匆匆而来。

　　清晨的武夷山在淡青色天光的映衬下显得格外悠闲宁静、从容不迫,可细细品味,温柔恬静中却带着几分活泼与野性。几只羽毛艳丽的不知名的鸟儿在蓊蓊郁郁的树丛里忽隐忽现,忽上忽下,发出古老而神秘的叫声。野果的香甜气息混在空气里,微风过处,送来缕缕清香。吹着透心凉的山风,耳畔突然传来"哗哗哗"的流水声。透过茂密的树林,看见左下方几米处一条弯曲的溪涧在缓缓流淌,它就是我们接下来要漂流的河道了吧?这样想着,我们的观光车已经到了漂流的始发点。

　　这里的漂流是皮艇漂流,和我们遂昌王村口的乌溪江漂流大同小异,但是河床却没有乌溪江的大,水流也没有乌溪江的急。半个月前刚刚去过乌溪江漂流的我便在现场打起了广告,引来身旁的一群福州游客直向我打听,表现出极强的好奇心。我是实话实说的,相比而言,这里的漂流的确少了一点刺激,不免有些单调有些乏味。

　　偶尔,也会遇上一个激流,皮艇随水任意东西。每当这时,我便闭上眼睛享受,让自己的思绪拥抱溪流,拥抱自然,真切感受回归自然的洁净与惬意。最有意思的是,每当遇到激流,溪水都会从脖子顺着衣领肆无忌惮又干净利落地直灌入全身,让你酣畅淋漓地洗一次又一次的天然浴。

　　水的灵性和活泼唤起了关于青春的记忆,同学们不由自主地打起了水仗，冷不丁地，后背就会飞过一瓢水来，那是调皮的男生用水勺洒水偷袭女生。一瓢水飞溅过来，眼睛里、鼻子里、嘴巴里、头颈里全是水蒙蒙的，整个世界成了一个清凉的水世界，打闹声、求饶声、欢笑声传遍了整个山野。

漂流才过一半的路程，天突然暗了下来，山中蓦然升起团团烟霭，像天上仙女撒下的帷幔，又似一张灰色的轻纱笼罩着，朦朦胧胧的，武夷山的美开始弥漫在茫茫烟雾中，颇有苏轼笔下"山色空蒙雨亦奇"的况味。只是山雨空蒙的武夷山我们已无心赏玩了，越来越暗的天色表明一场大雨即将造访。果不其然，大雨倾盆而下。我们加大了划艇的力度，直奔终点而去。一个个都被淋成了"落汤鸡"，感觉却还是意犹未尽。

听说武夷山旅游最有特色的当属乘坐竹筏在九曲溪上漂流。第三天清晨，我们来到被誉为"中国最美溪流"的武夷山九曲溪，开始了又一次的水上清凉之旅。

天公不作美，即将出发时，居然下起了淅淅沥沥的小雨。前行还是止步，正在犹豫不决时，天色愈发阴暗下来，雨点开始尽情挥洒它的热情。前一天皮艇漂流的淋漓之苦还萦绕在心头，有同学建议干脆放弃算了，可导游却坚持说，不去九曲溪漂流，武夷山等于白来。于是硬着头皮，我们又启程出发了。

九曲溪是武夷山中的一个山溪，全长八点五公里。游九曲溪，可饱览武夷山三十六峰的奇秀俊逸，触摸碧绿如黛的溪水温泉。

入得景区，已是游人如织，看来一场雨是不可能阻挡得了大家游玩的兴致的。我们被告知要等上一个小时才有观光车把我们送往目的地。

等着等着，天空居然露出了晴朗温和的笑容。山中的天气仿佛小孩的脾气，说变就变，刚刚还是大雨滂沱，转眼间却是雨阑云散，艳阳高照。武夷山不仅一年四季景色各异，一天的不同时间也荡漾着不同的气质。被夏雨洗刷后的武夷山，多了一种清新的色彩和味道，天空显得特别高远，宁静而纯洁，微风和着水气，从茂密的山林吹来，带着一股幽远的淡淡的清香，沁人心脾。

我们五人一组坐上竹筏。一切准备妥当，回头想和同伴打声招呼，而同伴的身影倏忽间已无从寻觅。凝眸远眺，一排排竹筏顺风而下，颇有几分气势。雨后的九曲溪水有些浑浊，水势有些凶猛，水中大大小小的鱼儿也开始和大家玩起了"躲猫猫"的游戏，几乎看不到影儿。

从九曲到一曲，水路时而弯曲，时而平缓，稳稳地坐在竹筏上，两岸的景色美不胜收，令人目不暇接。这里是典型的丹霞地貌，山峰各具特色，名字也有特色，有的以形貌取之，有的从古老的传说而来，什么"大王峰""玉女峰"之类的，一听名字就让人浮想联翩了。间或会看见一两户很清妙的黄泥筑就的小屋，点缀在半山腰上，在不经意间闯入你的眼帘。景随漂流的竹筏往后移，人如在画中游，一种虚幻的幸福感油然而生。徜徉在这样美妙的水光山色里，一切尽在不言中，喜悦于这样偷来的幸福，忍不住低头感叹。也许，这就是人性吧？一个普普通通的场景会在不经意的瞬间触动你灵魂深处最隐秘最柔软的情感，唤起那份久违了的遥远而温暖的记忆。

竹筏漂流不仅是个技巧活，更是一份力气活，九曲溪上的艄公大都以男性为主。一支竹筏，两个艄公，一前一后，前面那个年轻一点的似乎是徒弟，负责一路介绍美景。

偶尔也会遇见头戴斗笠、身着水蓝布褂的船娘，轻摇慢摆着船桨，从你的身旁轻轻飘过。船娘脸带微笑，摆弄身姿，引来游客"咔嚓""咔嚓"拍个不停。时而船娘还会哼唱起不知名的歌儿，那优美的水腔慢韵便沿着汨汨河流层层荡漾开来，直入心扉，让你暂时忘却了自己身处何方。

遗憾的是，我们同船共游的五个同学居然都把手机交给岸上的导游保管了，漂流全程一张照片也没留下。这样也好，静静地欣赏，美美地享受，得到的是一份宁静与快乐。终于明白，原来，手机也不是那么重要的，它不过是我心的批注、眼的旁白而已，行程中每一个被我目力采下的瞬间，已定格我心。

船到一曲，漂流就接近尾声了。此时的阳光越发灿烂了，垂直倾泻下来，让人头昏眼花的。躲在树下等待同伴，感觉意犹未尽。看看手表，已是中午时分，于是，大家一齐坐上了返程的观光车。

三天的武夷山自驾游之旅，脱离了日常生活的琐碎、繁杂而处于纯粹的游玩与静观之中，置身于自然的怀抱，更多的是一种体验和享受。体验野外探险的无穷乐趣，体验激情释放的无限快感，体验人与自然交流的无比和谐。

三天的行程，少了一份劳累和疲惫，多了一份悠闲与从容。我们的旅程就像细品一杯武夷山岩茶，心灵在与自然山水的契合中得到滋润，得到慰藉，得到升华，自驾游的乐趣得以充分体现。

一场回归自我的短途游

　　大抵山水佳处，总是自然之美发挥到极致的地方，也是人类最渴望驻足观赏的景点。作为一个自然山水的欣赏者，人们总是想方设法，身入化境，境与神会，于物我两忘中陶冶心智，净化心灵。

　　远方，始终是一个充满魅力和诱惑的巨大泉眼，汩汩流出诗意。忙忙碌碌的今年，好想来一场回归自我的行游，没有俗务缠身，与自然山水融合。

　　暑假，机缘悄然而至，同事结伴东极岛四日游。

　　早上六点，从丽水纳爱斯广场启程，一路舟车劳顿，径直奔向目的地。午餐后领到房卡就躲房间休息了。"好心情"驿栈是个民宿，条件虽然简陋，却也整洁干净。

　　等到太阳终于没有那么火辣，已是午后四点，跟着导游环岛游了半圈。

　　一路风光无限美，盎然绿意逼眼来。时不时的，我和同伴开起小差，自顾自取景拍照去了。自然，总是那么慷慨，把它最美的一面无私地奉献给你，让你尽情赏玩，获得生命的灵感。晚上的一顿海鲜大餐让大伙儿吃得直呼过瘾，即使是我平时不太喜欢的海螺，吃着也觉得肉质细嫩紧韧，唇齿生香。海鲜的美味弥漫在海岛上，诱惑着远方客人的味蕾，让人唾液生津。

朋友说，东极岛最美的是日出和日落，千万不能错过。第二天，我们起了个大早，晒着月光去看日出。

天上的星星很近很近，有伸手触摸的冲动。沿着环岛一路向东，静谧空旷的路上，偶尔有背三脚架的从身旁飘过。天际越来越红，可太阳却迟迟不肯露面。风呼呼地吹，撩拨着路边的芦苇丛，沙沙作响。只听同伴一声"看！日出——"太阳已然跃起，短短数分钟内，一颗红珍珠变成耀眼的日盘，瞬间，整个天都亮堂了。无边无际的海，湛蓝湛蓝的，哒哒哒响个不停的渔船，往来穿梭，新的忙碌的一天就这样开始了。

是的，东极岛不仅日出极为壮美，还有日落呢。傍晚，在导游的指引下，我找了一个最佳位置静静地等候日落。不多久，落日与我的约会悄然上演，赶紧拿出手机，拍下这让人怦然心动的一瞬间。美哉，东极落日！壮哉，落日东极！

第三天我们来到东福山岛，观海天一色，看海鸥飞翔，沿途欣赏海上布达拉宫。

这里的海水在风和洋流的作用下呈现半黄半蓝的景观。黄色慢慢地褪去，留下一条黄蓝相接的界限，这景象真是让人大饱眼福。一路攀登，行至白云宫。漫山突兀的石头和用石头砌成的房子，见证着自然沧桑的行迹。太阳甚是热情，强烈要求出镜。烈日暴晒，是风儿带来了阵阵清凉，凌乱的头发最是见证了风儿的顽皮。风车、太阳能布满山头，为东福岛带来清洁的能源，这何尝不是大自然慷慨的馈赠啊！登上最高峰——东极亭，抑制不住的兴奋，与同伴合影留念。亭上的一副藏头联："东海险境千姿百态眼下奇，极地风光蓝天碧海画中景"颇有几分诗情画意，惹人喜爱。

第四天是行程的最后一天，安排自由行。早起，无所事事，一个人漫无目的地瞎溜达，却无比惬意。深以为，对于气氛、情调的细腻感知和把握，才是旅行最为重要的收获，若朋友会心会意，则妙趣无穷。

如果说东极是大海的乡愁，那么，东极石屋则是盛满乡愁的美酒。几经风雨的石阶石条，饱经沧桑的石屋石墙，任凭时光流逝，默默地守卫着海岛。

从奉化转站朱家尖再到东极岛，四天的行程圆满结束。不是特别匆忙赶脚的旅程，有惊喜，有乐趣，有合作，也有遗憾。沙滩、海浪、海鸥、蓝天下嬉戏打闹的小孩、毒辣辣的日头、肆虐的海风等都给我留下了难以忘怀的深刻印象。日出日落，美不胜收；成功登顶，兴奋难抑；海鲜海味，唇齿留香。每天游啊游，即使累了，也不忘摆个pose，拍下美照，年轻的心，依然故我。深夜，枕着海风，听海浪拍打岩石的声音，久久难以入眠。可以早起，一个人信步小道，漫无目的，心会其趣，不求人知；可以顶着烈日，环岛走一圈，挥汗如雨，行处皆有所得；也可以伴着夜幕降临，静静地听海，让思绪蔓延。一切，只听从心的召唤，自由自在，无拘无束，超然物外，无住无沾。

遗憾的是，入住的"好心情"驿栈，因为新的客人的到来，八点钟就催促我们离开，好心情一下跌至海底。

是的，海的那头，才是温暖的家。

人间有味是清欢

十月秋风送爽，百里稻花飘香。万里艳阳普照，一路草盛林丰。

国庆中秋双节，回到老家龙泉，约了朋友，一道寻觅清欢。

平生最喜欢的就是老家的慢生活：入住的龙泉大酒店闹中取静，可以睡到自然醒，看荷花塘两龙戏水，是过节才有的贵族般的享受；在西街弄堂口的转角处吃一碗又辣又入味的粉皮，如闻仙乐，袅袅余音，亭亭绕口；中午的家宴，是冰爸的用心之作，一盘小河虾，鲜美甜柔，慢慢品味，有清水缓缓流动的感觉。听婆婆说，这种野生的小河虾必须七点之前就去市场上买，迟了就没了。

午饭后，小憩之余，结伴去田间小路走走。选择避开人群，不想偏偏遇上学生，真是人生何处不相逢！偶尔停下脚步，坐在路边，听草在结它的种子，看风在摇它的叶子。路边的野花，摇曳生姿，如同人的心境，肆意绽放，攀爬着，葳蕤着……此情此景，已然还之于山，还之于水，超然绝尘去了。

夜幕下的小山城，婉约着袅娜的身姿，富有迷人的魅力。夜的灯火，像天上的星星，又像少女炯炯有神的眼睛，黄色的抢眼，红色的娇媚，蓝色的诱惑，饱满而急切。中秋的月亮，不知躲哪儿去了，迟迟不肯露脸，果真是十五的月亮十六圆？

放慢生活的脚步，听一次花开的声音，赏一次月圆的姿容，看一次雨后的新晴，柔软美好的事物，在你的眼前妖娆着，生动着。在心底对自己说：岁月静好，珍惜当下。

　　人生天地间，忽如远行客。人生，本就是一场旅行。这苦乐参半悲欣交集的过程，足以让人用一生的时光去留恋去回味。不管你是否珍惜，或留有遗憾，它都同样走过你的岁月，不紧，不慢。

　　林徽因用一生的时光才明白，许多人都做了岁月的奴，匆匆地跟在时光的背后，忘记了自己当初想要追求的是什么，如今得到的又是什么。

　　老家龙泉之行，果然没有辜负双节的馈赠，不虚此行！

　　和景、美食、酽茶、醇酒、自由，等等，都是此生的最爱。苏东坡有言："人间有味是清欢。"不错的，就这样静静守望岁月的一份平淡与清欢吧！

风景这边独好

金秋十月，我有幸随同教研室的领导和语文专家一行二十六人，前往江苏省语文学习实验课程基地——锡山高级中学和南京市第十三中学考察学习，零距离感受名校、名师风采，观赏语文课程基地建设的蓬勃景象。这场视觉的饕餮盛宴和心灵的震撼之旅，令人振奋，催人警醒，启人深思。现记下我的所见所闻、所思所想，与同仁们共享。

锡山高级中学：穿越百年烟雨的江南名校

江苏省锡山高级中学创建于一九〇七年，校园面积达四百多亩。绿草如茵，花树怡人，小桥流水，古静清幽。学校集传统风韵与现代气魄于一身，素有"田园学府"之雅称。

走进校门，映入眼帘的是疏淡清朗的秋林小景，色调清淡，韵致清新。徜徉在如画如诗的校园，很难想象这是一所有着百年积淀的江南名校。眼前的校园，颇具现代气息，草绿柳青的闲雅中，点缀着一座座低矮的暖色调的教学楼，文化广场六座中外文化名人雕像格外醒目，建于二十世纪初的纯白色老校门隐约透出一丝老民国的苍茫。

信步游来，心生感慨：置身轻灵淡雅的校园，走过数载的江南烟雨，一种多么富有诗情画意的校园生活啊！

最吸引我的是投资六百万元建设而成的"江苏省语文课程基地"，一楼的图书馆颇具特色，各类书籍，琳琅满目，路过的师生可随意翻阅，不受限制；二楼话剧室、辩论厅、演讲厅、专题研究室、专题展厅，一应俱全。我们在该校语文正教授级高级教师、学校宣传科主任张克中的带领下，一一作了参观。

接着，我们前往具有自动录播功能的教室聆听了一堂观摩课——《前方》。人性化的360度可转动式课桌椅，播音员水准的课文诵读，师生互动中精彩的即兴发言，等等，都给我们留下了深刻的印象。

最后，语文组组长介绍了锡山高级中学语文课程基地建设的相关情况，使我们更深入地了解了该校语文组在学生阅读兴趣的培养、课外阅读指导和语文选修课有效开设等方面的独特做法。"基于规律，源自心灵"是锡山高级中学语文课改的宗旨，选修课程的开设着眼于学生阅读视野的拓展和语文综合素养的提高。近年来，学校对基础教育课程的探索和实践打开了学生的知识视野，校本课程开发与组织实施在全国产生了较大的影响，被誉为国内"校本课程的发源地"。学校课程建设风生水起，真正让学生体验到了语文的魅力和学习的乐趣。

南京十三中：享受视觉与心灵的饕餮盛宴

南京市第十三中学坐落于六朝文化古都之中心地带，位于鸡鸣寺旁，鼓楼之侧，玄武湖畔，古台城上，地处城中，闹中取静。它是南京市十大景观校园，江苏省四星级高中，国家级示范性高中。校园毗邻东南大学、南京大学等著名高校，人文底蕴极其深厚。

行程之初，我饶有兴趣地上网搜索，初步了解了该校的一些基本情况。《南京十三中赋》和四字"校训"吸引了我的眼球。

《南京十三中赋》可谓气势磅礴："石城虎踞，钟山龙蟠。台城烟柳，玄武碧澜。钟灵毓秀，名庠兴焉。刘伯承市长亲选校址，南京市人民重托在肩。一九五五年初建，前辈创业，业耀校史；历经数代人努力，昔年种树，树高参天。奇葩绽放，彰显教育精神；鹤鸣晴空，成就大校风范……"字字珠玑，句句情浓，读来令人荡气回肠。

和洋洋洒洒的《南京十三中赋》有所不同，该校的校训——"志远行近"却是言简意丰。"志远"即"志在中华，志向高远，志在一流，志者必胜"；"行近"即"行在脚下，行在今天，行在细节，行者必成"。"志远行近"体现了"大处着眼、小处着手"的理念，形成了"以学生为中心，提升学生生命质量"的办学核心价值。

十一月一日早上八点，带着仰慕之心，我们相约南京十三中学。

时值暮秋，又逢骤雨初歇，微弱的阳光透过梧桐斑驳的树叶隐隐约约若有若无地照在身上，柔柔的、暖暖的。如果说省锡高是颇具现代气息又不失古风古韵的气质女郎，那么，南京十三中则更像是养在深闺人未识的大家闺秀，一举手，一投足，一颦一笑，满是古典的秀逸文化的气韵。在花树掩映的校园，感受古意盎然的校舍和韵致深幽的情境，已然忘记了人世间浮浮沉沉多少得失，多少名心，多少利欲。

该校副校长、语文特级教师、教授级高级教师曹勇军老师热情接待了我们。他详细介绍了该校两年来语文课程基地建设的成果。

在曹老师的陪同下，我们参观了十三中的语文学习四大研学中心和文化长廊。四大研学中心分别是特长写作研学中心、戏剧影视研学中心、传统经典研学中心和金陵文化研学中心。研学中心下设十七门选修课程，包括写作选修、新闻写作、红楼梦研读、影视欣赏与制作等。随后，我们观摩了两堂语文课并参观了"新青年教育剧场"。

四天的考察学习是短暂的，十一月三日，我们依依不舍地离开了南京，离开了两所给我留下深刻印象的美丽校园。

江苏之行，不虚此行。

高端、大气、精致、典雅、诗意、和谐、梦想、幸福等语词反复在我的脑海里浮现，我牢牢记住了曹勇军老师的话："生活就是人富有梦想的演出，语文老师要让学生做梦，语文老师要有梦想，找到职业幸福感，教一点美丽的语文。"

江苏之行，新的起点。

作为一个"语文人"，我们要向曹老师们学习，做一个勤奋快乐的读书人，做一个有思考有理性的语文老师。

江苏之行，不胜感激。

感谢两所学校的盛情接待，分享了两堂别出心裁的观摩课；感谢教研室应老师的精心组织与安排，此行收获良多。两所学校留给我的印象远比上网搜索的更丰富、丰厚、丰盈，只短短四天走马观花似的研学，感觉自己已然沾染了些许语文的灵气；感谢陈校长和朱副校长的鼎力支持，促成此行，感激不尽。

美丽语文，与你同行，此生不悔。

学习，是一种打开

　　那一天，我有幸走进北京师范大学，零距离接触百年名校鸿儒硕学，深切感受"学为人师、行为世范"的浓浓校训氛围。第一次走进梦寐以求的北师大，第一次感受京派教授们闪耀着智慧光芒的教育思想，第一次作为学生如此专注于富有魅力的课堂。至今想来，依然沉浸在幸福之中，无法自拔。

　　对我而言，每一个讲座都是一个精致的作品。这作品，承载着师大教授们的梦想、信心、勇气和力量；这作品，是他们生命的一部分，凝聚着每一位老师毕生的心血，一旦打开，就会豁然开朗，且被深深地吸引。其中的两个讲座给我留下了特别深刻的印象，一个是北师大发展心理学博士赵希斌的《高效与有趣的教学——教学设计的基本出发点》，一个是北师大教育学部副教授、教育部国培计划专家钱志亮的《回到原点看人——兼与大家讨论人的本质属性》。

　　赵希斌老师的讲座和他讲座的名称一样高效、有趣，引"生"入胜，启人深思。赵博士从教学内容的把握、教学形式的呈现两个方面就如何构建高效而有趣的教学课堂做了精彩的讲解，语文、数学、历史、物理、美术等多学科实际课堂教学案例与其亲身教学体验及人生感悟穿插其中，语言风趣幽默，案例翔实生动，在师生、生生互动中笑声、掌声不断，三个小时的讲座一晃就过去了。

赵老师的观点是："三流教学教知识，二流教学教方法，一流教学教素养。高层次学科素养是学科教学中最有价值、最迷人的成分，能够沉淀下来使学生终身受益。""让学生爱上学习，教师必须先爱上这门学科，要有发现美的眼睛，教育最终是改变一个人的气质，用社会事实鼓励学生批判思维，每个学生都有自己的人生路，要保护学生的创造力。"

讲座中关于语文的案例最吸引我的眼球。赵老师把高层次语文素养概括为四个方面，即文化传承、人生感悟、情感共鸣和美的熏陶。其中的一段话引发了我强烈的共鸣："我在上中学的时候，被台湾女作家三毛的一套游记深深地吸引了，读她的书，同时在精神上和她一起游历世界。这套书给我带来了震撼，我惊喜地知道，一个人可以这样活着！可以用燃烧生命的方式活着！可以不朝九晚五地活着！可以自己给自己定一个标准并按这个标准活着！"一个作家、一本书可以对一个人的人生轨迹产生影响，可以在一个人的生命中刻下明确的痕迹，这就是人格的魅力！也是文学的魅力！

钱志亮教授借着两千多年前圣哲们的智慧，分析了教育的逻辑起点——人性，从人的本质属性——精神属性出发，提出教育的根本目的在于培养有人文精神的、有人性的人。钱教授在讲座中反复强调教育要饱含对生命的终极关怀，对人的自主、公正和生存尊严的教育："以人为本的教育不能被淹没在机械化培养、程序化教学、标准化测验、模式化要求、集体化生活、规模化复制的冰水之中。""一个孩子从家长和老师那里如果学会了勤劳善良、自强不息、坚韧不拔、好学博爱、以礼待人、诚实守信、认真做事，那么即便他的学习成绩不好，也只是暂时的，将来他一定会生活得非常充实与幸福，甚至大有作为。才的不足可以由德来弥补，德的不足无法由才来弥补。"

聆听着教授睿智的话语，感受着教授动情的演讲，我的思路慢慢地打开了……

此次学习，北师大继续教育与教师培训学院给我们精心安排了两个一线班主任进行授课，她们分别是北京市十四中学李存秀老师和北京市五十五中学李梦莉老师。平心而论，给我启发更大的是李梦莉老师。她分享的故事深深地感染了我。

这是一个有着大男子气概又不失柔骨真情的班主任。请看她的简介。

李梦莉，中学物理教师（高级），担任班主任工作十八年，所带班级四次被评为区优秀班集体，两次被评为北京市优秀班集体。二〇〇七年起所带班级先后被评为区优秀团支部，市"五四红旗团支部"，二〇〇九年所带班级成为全国唯一获得"五四红旗团支部"称号的中学团支部。

而我更喜欢这样定位李老师。喜欢旅游，车行天下，享受阳光；爱好音乐，演绎班歌，为之动容；敢于挑战，个性十足，魅力无限。胖胖的身材居然能跳华尔兹，为成为"90后"学生的"同学"而开始学习油画。据说，李老师的华尔兹节目成为学校的保留曲目年年演绎，她的油画作品还得到大师的高度赞赏。

我这样定位李老师，肯定不全面，毕竟我们只有三个小时的相处时间。但显然，这是一个富有才华、对生活有着极大激情的班主任老师。她对生活的热爱也极大地感染了我们每一位学员，用心聆听的同时我们都在用心记录。我记住了她的一句话："坚守一份对自己生活的信仰！"如此一个有信仰、个性十足、魅力无限的老师，不让学生喜欢都难啊。

李老师说："和学生在一起是我最大的快乐，快乐源于热爱。热爱事业、热爱学生和被学生热爱是我的追求，我努力将自己打造成为充满正气、富有才气、充满锐气的教师，得到学生的热爱与尊重。"

是的，每一位班主任都有自己的追求目标、人生信仰，每一位班主任为班级建设都曾付出过无数艰辛的劳动，每一位班主任的背后都记录着精彩的人生故事，每一位班主任都值得我们永久地学习。听了两位班主任发自肺腑的话语，我最大的体会是：班主任是一个神圣而不可替代的岗位，我们要用自己的生命影响生命，用自己的灵魂影响灵魂。做一个有爱心、进取心的班主任是我义不容辞的责任。

赵希斌老师说："读万卷书，行万里路，做万般事。"此话在理！

北京之行，我们不仅聆听了教授们"高大上"的讲座，分享到了一线班主任精彩动人的故事，还游览了北京的一些名胜古迹，真正近距离感受了古都不一样的美景。

成行之初，我们丽水二中的八位老师就商议着，在晚上自由活动的时间去感受老北京的"京味儿"。我们先后结伴夜游清华园和长安街，泛舟北海，雨中游圆明园，走王府井，钻老胡同……

市教育局也为本次学习考察之旅精心安排了"北京两日游"。同学们一起瞻仰了毛主席纪念堂，游览了故宫、颐和园，爬上了八达岭长城的"好汉坡"，远距离欣赏了鸟巢、水立方……大家真心喜欢上了这座极具文化底蕴的古色古香的城市。

是的，走进北京，拥抱首都，是我的梦想。

北京，这个承载着中华文明史和屈辱史的古都，它的一草一木都烙上了厚重而悠远的古老文明，它丰厚的历史遗产是我们宝贵的精神财富。

本次培训，学习无限，收获无限，成长无限。

学习，是一种打开。打开视野的窗口，打开心灵的窗户，打开情感的闸门，打开思想的心扉……

学习，是一种打开。打开思路，打开记忆，打开生活，打开生命……

学习，是一种打开。带给我的，不仅是感悟，是启迪，是碰撞，是震撼……

北京之行即将结束，这是一个充实而愉快的旅程：有旅途的艰辛与劳累，快乐与幸福；有领导殷殷的期盼，有教授精彩的讲座，有学子求学的渴望；有清华园荷塘的寂静与清幽，有后海荡起双桨的惬意与悠闲，有圆明园残垣断壁的沧桑与悲慨，有故宫的恢宏与大气……

感谢北师大班主任高研班，感谢丽水市教育局，让我们有机会身处中国最高师范学府——北京师范大学，聆听大师的教诲。我们将以此为新的起点，带着领导的期望，秉承大师的思想，沿着优秀班主任的足迹，以阳光的心态，做一个快乐而幸福的真教师！

养生在民宿

广袤无垠绿意无边的浙南山区，富有迷人的田园风光。

迟日江山丽，春风花草香。充满灵气的深山野谷，隐秘在万山丛中的民宿，伴着鸟语花香、山溪清流而遗世独立。

空谷清幽，心灵止语。在独行漫步中沉思，于悠然静默中放空。

弧形水坝飞花流淌，杏花树下古道悠长。一花一树，一垄一坎，一瓦一墙，一门一窗，仿佛一幅幅最写意的山水诗画，令人为之向往。

有人说，喜欢民宿，大抵始于传说，陷于古村，终于景致。

山水缭绕，旖旎成诗；烟云亭立，玉盘如莲。

在翡翠般的青绿丛中，感受江南民宿的诗情画意。一栋栋矗立乡野的古民居，红砖古厝，粉墙黛瓦，镶嵌在青山褶皱中，错落有致，虽几经改造，仍然布满时光的味道，绽放精工细筑中潜藏的匠心，散发恒久的魅力。包浆自然的家具，边角泛黄的书页，仿佛是不小心被时光落下的，留存着记忆里最甜美最温馨的模样。

日颐三餐，嚼味食天。各具地方特色的美食，以纯正地道刺激味蕾和神经，成为吸引游客的一大亮点。这不正应验了一句老话：人间烟火味，最抚凡人心！

本真的生活大抵如此，不慌不忙，不紧不慢。点一炷香，泡一壶茶，读一部经，治愈心灵的同时，也能感受自然与禅意的美妙。时光静静流淌，岁月缓缓流动，在风格迥异的民宿感受朝云暮雨的慢时光，享受烟火人间的至味清欢。当树木的细枝疏条在墙壁上调抹出不同的光影，我愿在和煦的阳光下缓缓蜕变，悄悄长成一壶清茶，一缕青烟，与老宅私语，与阳光共舞，任花开花落云卷云舒。

　　乡村民宿的发展，契合了现代人远离喧嚣、亲近自然、寻味乡愁的美好诉求。江南民宿，不只是调适身心、放飞心灵的驿站，更是观察自然变化、感受乡村文化的重要窗口。那些既保留了地方传统肌理又考量现代生活需求的民宿，顺应自然山水文脉，彰显乡村古朴之美，成就了中国传统村落独特的美学特征，成为人们寄托乡愁的美好载体。

　　养生在乡村，在民宿。期待未来乡村民宿产业，结合江南古城的历史文脉和文化基因，不断发掘出符合时代的文化内容，随时代而行，与时代同频，在新的历史起点上不断走向更高层次的审美理想和文化新境。

收获年

流年似水，岁月如歌。不平凡的二〇二〇年，即将画上句号，尘封至历史的册页。人之常情，每至岁末，难免感慨。而能于此，一个特殊的时间节点，总结一年的得失，安抚逝去的岁月，装点将至的未来，我心安然。

二〇二〇年，我的收获之年。

年初，因新冠病毒肆虐之故，我在家里上了足足两个月的网课。这个长长的假期，和家人一起腻在厨房制作美食的日子，是一辈子难得的好时光。这日子，不可能每天都是蜜里调油的，好日子、坏日子穿插着过，见过阳光也沉过低谷，更真实也更让人珍惜。是疫情，让我们学会了坚强与包容，激发了我们更多的感性与柔情，懂得了平凡人生活的艰辛与不易。这一年，我理解了幸福的另一层含义。是时间，让我懂得了陪伴的可贵。无论我们是否愿意，岁月中许多珍贵的东西，其实一直都在跟我们告别，包括最美的年华，最初的遇见，最深的相知。

在暑假的尾巴上，搬了新房。整理书柜，无意间，一本散文集吸引了我的目光：书角微卷，书页泛黄，古朴典雅，古韵扑面……它，蜷缩在书柜的一角，不言不语，被我遗忘将近四十年了。

这本《含笑看我——台湾散文选编》，一九八五年出版，林清玄主编。我如获至宝。许久没有读到这么清淡雅致的文字了，素净的生活原色，没有雕琢，没有牵强，没有矫揉造作，平和里尽是纯净的心性与饱满的造诣。我一页一页来来回回地翻读，八十年代的老岁月悠悠浮上心头，醉醉醺醺隐入时间的流里，脉脉温情，绕萦心田。遗憾的是年初定下的一个月读一本书的计划终因俗物缠身而搁浅。案头之书，越积越多，布满灰尘。唯愿来年，美好愿望，不再落空。

二〇二〇年，我的收获之年。

一年来，笔耕不辍的我，像一个辛勤的农人，在文学的百花园里耕种，总是快乐多于感伤，甘甜多于苦涩，收获多于劳作。在"沿途幸有你"文化公益平台推文六十二篇，有山水游记，有阅读后感，有文学短评，还有"我和我的家乡"系列推文……于我而言，这是一个不小的超越。还是那句老话：教一点诗意且生活化的语文，我手写我心，此生不渝。

我想，纵然这个世界留给你许多的无奈与不舍，在默默流逝的华年里，浪费也好，埋葬也罢，都是属于自己的独一无二无法复制的生活。那些平淡与无奈，那些遗憾与不舍，会化为你心中的笔，写在岁月的文澜里，点燃你生命的激情，找寻到一朵花的诗意。

二〇二〇年，别样的收获是编辑完成了《丽水二中盟讯》第四期。回望过去一年，写稿，编辑，校对，出刊，真是把边角料的时间都用上了。"文章不厌百回改。"每一次真情的付出都有不小的收获，哪怕只是发现一个别字，纠正一个病句，都让我欣喜不已。

今天，当《丽水二中盟讯》新鲜出炉，我心潮澎湃，激动不已。一份小小的刊物，就像自己的亲生孩子一样，可读，可感，可亲，可爱。一晃儿，编辑盟讯已有四个年头，得到了许多盟友真情的呵护悉心的关怀。有您相伴，温暖至极。感恩之情，长存心底。

"一冬有雪天降玉，三春无雨地生金。"二〇二〇，且行且思，且思且乐。

收获之年，心存感恩。感恩新红的太阳，照常升起，温暖如初。感恩一路，有你相伴，不离不弃：至爱的长辈，亲密的爱人，可人的女儿，相知的朋友，懂事的学生……

岁月不居，天道酬勤。收获之年，深深祝福：家人安康事如意，亲朋和顺呈吉祥。

我将一如既往，努力前行。因为，这不仅是一份责任、一种担当，更是一份情愫、一种姿态。

图书在版编目（ＣＩＰ）数据

在西街 / 周新红著. -- 杭州 ： 西泠印社出版社，
2023.7
ISBN 978-7-5508-4162-8

Ⅰ．①在… Ⅱ．①周… Ⅲ．①散文集－中国－当代
Ⅳ．①I267

中国国家版本馆CIP数据核字(2023)第115970号

在西街　　周新红 著

出 品 人	江　吟
责任出版	冯斌强
责任编辑	伍　佳
装帧设计	王洁琼
责任校对	刘玉立
出版发行	西泠印社出版社

（杭州市西湖文化广场32号5楼　邮政编码　310014）

电　　话	0571-87240395
经　　销	全国新华书店
制　　版	杭州如一图文制作有限公司
印　　刷	浙江海虹彩色印务有限公司
开　　本	889mm×1194mm　1/32
字　　数	140千
印　　张	6.375
印　　数	0001—2000
书　　号	ISBN 978-7-5508-4162-8
版　　次	2023年7月第1版　第1次印刷
定　　价	69.00元